T0132485

EL INTERCESOR: CRÓNICA DE LA LIBERACIÓN

MARIANO MORILLO B.Ph.D.

authorHOUSE®

AuthorHouse™
1663 Liberty Drive
Bloomington, IN 47403
www.authorhouse.com
Teléfono: 1 (800) 839-8640

Publicada por AuthorHouse 02/05/2019

ISBN: 978-1-5462-5298-6 (tapa blanda)
ISBN: 978-1-5462-5297-9 (libro electrónico)

Dios, Y La humanidad.
La justicia, la verdad, y la libertad.

DEDICATORIA

AL Dios De Mi Ser.
A Los Seres De Luz
A La Humanidad

La Novela del ser, o el radar del despertar.

EPITETOS

Al despertar la conciencia, se fundamentó la razón del ser, para que energía, ocupara el trono; en el manifiesto de Dios reiterando su condición de antorcha y bondad, de luz y paz; en la demostración de su condición de hermosa rima, y tierna armonía, gracias y honor en el alma mía. --- Expresó Dios.

UN TESTAMENTO, QUE REVOLUCIONA A LA HUMANIDAD.

Eres el yo soy, la esencia del ser.

La razón de querer,

y el motivo de tener.

Eres la máxima excelsitud de virtud.

Eres el Dios del amor, y la razón de la comprensión.

Eres la acción de la causa, y el fundamento de la esperanza.

Eres la raíz de la fe, y la materialización de la asignación

Eres el que eres.

Dios de la expansión y luz de la ilusión!!!

El intercesor fue llamado a libertar, avanzó en su cabalgadura, y con su espada, trazó la línea del sendero que podría transitarse: "Yo no vine a competir con nadie, yo vine a hacer, lo que tengo que hacer". —Dijo.

En su mano derecha portaba la espada, y en la izquierda, un pergamino con el decreto de Dios, que lo autorizaba a liberar a la humanidad.

En la jaula terrenal, el ruiseñor va a volar, buscando su libertad, su nido va a abandonar, y los aires surcará, pensando que tras su vuelo, él atraerá la paz, ¡Que hermosa felicidad, nos otorga la libertad!

EL INTERCESOR:
CRÓNICA DE LA LIBERACIÓN

ÍNDICE

DEDICATORIA vii
EPITETOS xi

CAPÍTULO 1:   Introducción...1
CAPÍTULO 2:   Incertidumbre De Una Creencia..........................4
CAPÍTULO 3:   En El Principio 7
CAPÍTULO 4:   Acción Celestial.. 11
CAPÍTULO 5:   Generación De Luz.. 13
CAPÍTULO 6:   La Nada.. 16
CAPÍTULO 7:   La Esencia 18
CAPÍTULO 8:   Aspiraciones..21
CAPÍTULO 9:   La mujer: Lagrimas Primarias........................23
CAPÍTULO 10: El Porvenir Y El Vivir....................................26
CAPÍTULO 11: Beligerancia 28
CAPÍTULO 12: La Imagen Y La Instrucción 30
CAPÍTULO 13: Reafirmación..34
CAPÍTULO 14: Inteligencia 39
CAPÍTULO 15: El Jardin Del Honor 42

CAPÍTULO 16: Ternura...45

CAPÍTULO 17: Supresión...47

CAPÍTULO 18: La Postración...49

CAPÍTULO 19: Presencia...53

CAPÍTULO 20: La Identidad 56

CAPÍTULO 21: Evolución En La Creación 60

CAPÍTULO 22: La Flor Del Amor:....................................63

CAPÍTULO 23: Geografía contextual:................................69

CAPÍTULO 24: Amores Juveniles 75

CAPÍTULO 25: Romances...79

CAPÍTULO 26: Las Cotidianidades 82

CAPÍTULO 27: Acciones Estudiantiles 85

CAPÍTULO 28: Reminiscencia..90

CAPÍTULO 29: La Nación Del Águila.................................95

CAPÍTULO 30: Esencia Y Conciencia 100

CAPÍTULO 31: Secta Oculta 105

CAPÍTULO 32: Descaro Y Persecución 115

CAPÍTULO 33: Como Lobos Tras Su Presa:............................123

CAPÍTULO 34: Conspiración 127

CAPÍTULO 35: Cronología...132

CAPÍTULO 36: Travesía 137

CAPÍTULO 37: La Ciudad De Las Dos Torres..........................142

CAPÍTULO 38: Metamorfosis...148

CAPÍTULO 39: La Intervención......................................154

CAPÍTULO 40: Antesala Del Anticristo..............................162

CAPÍTULO 41: Secuestro en la cumbre 172

CAPÍTULO 42: El recibimiento 179

CAPÍTULO 43: Los Iluminados.......................................181

CAPÍTULO 44: El gobierno De la Bestia 185

CAPÍTULO 45: Expectación 192

CAPÍTULO 46: La Redención...196

CAPÍTULO 47: La Renovación 211

CAPÍTULO 48: El Rapto 215

INTRODUCCIÓN

Atravesaba el mundo por una alarmante condición, la corrupción en todos los órdenes poblaba a la tierra, y el dinero se escindía como un Dios, para controlar la vida de los necesitados; y la misericordia había sido sustituida, por la codicia, los abusos, la violencia, y la lucha de lo contrario ganaba terreno.

Todos, contra todos, un atolladero del que el hombre no podía salir.

Se experimentaba el caos, y la insensibilidad, la soberbia de la ignorancia, se exhibía como un exuberante trofeo, de alta extravagancia.

En cambio, la humanidad ha estado inserta en la búsqueda de respuestas adecuadas que satisfagan la curiosidad respecto a sus propios orígenes, Mariano Morillo B, el autor de las diversidades busca comunicarles a través de esta novela arrancada de las vivencias de la revelación, la verdad diferida que la biblia y el Corán encierran en sus parábolas y que no siempre pueden ser descifradas, a fin de dar respuestas que reactiven el pensamiento de la ciencia –espiritual, de las aventuras existenciales del ser, advierto: no desde una óptica religiosa, sino desde una pauta de la ciencia espiritual que parte desde que el espíritu emanado de punto cero se contempló a sí mismo, se fraccionó y se hizo un todo disperso que ensayaría experiencias a través de la creación, hasta que la expansión de su ser lo convirtió en el padre universal que originó la creación de la vida y los universos, que generaron mundos como el planeta tierra, en los que se destacaron las acciones de Dios, desde Jehová de los ejércitos, Yahvé, Isham e Id, cuyas acciones del ser fundamentaron la evolución de la creación originando este plano de terra, conocido hoy como la tierra.

En el afán de reencontrar sus orígenes, los Dioses olvidados o "caídos", que habían quedados atrapados en sus propias creaciones, ensayando la inclinación del espíritu desde la condición de animales irracionales hasta el desarrollo del cromañón, homínido, hasta lo que vendría a ser el hombre de hoy, habían cedido su poder a los Dioses que se disputaron el planeta tierra, hasta que Jehová, y su hermana Inana, que habían quedado en el control de este plano, crearan las religiones, a través de la cual ejercieron las inclinaciones espirituales, y la dependencia del hombre, del espíritu superior integrado por aquellos que no habían sido parte de su propia creación, y de los que sin temor, habían abandonados sus creaciones descubriendo que el espíritu era eterno, pasando luego a amparar a los del plano terrenal que habían olvidados que alguna vez fueron poderosos, sin poder regresar a sus orígenes de altura de donde habían descendido.

Se habían cumplido los 2,000 años que era el periodo de espera para la segunda venida de Jesús.

El intercesor estaba en la tierra, sentía y actuaba como los seres humanos, pero no era un hombre común, los milagros de su existencia se generaban de forma natural, como Jesús, él andaba entre los pobres, despreciaba los vicios y emulaba la justicia de la forma en que Jesús había inducido a que se hiciera.

Sin embargo, el intercesor a pesar de haber sido enviado en misión especial, su espíritu lo inducia a experimentar aquellas experiencias que regeneraran el cultivo de su alma en materia humanitaria y en el propósito del padre, quien lo había enviado para que hiciera su voluntad para dirigirlo a libertar a una humanidad que Dios amaba, todos los esperaban, más él estaba allí frente a ellos, pero ellos, no lo conocían.

Él había venido a hacer, aquello que ni los ejércitos, ni los agentes especiales ni los gobernantes con sus poderíos terrenales, podrían hacer, lo que él había sido enviado a realizar, daría paso a una nueva era que mostraría a la humanidad la necesidad del poder de Dios para avanzar. Os dejamos con "el Intercesor" de Mariano Morillo B. PhD. para que al leerla despierten, eleven y deleiten el espíritu.

CAPÍTULO

INCERTIDUMBRE DE UNA CREENCIA

LIBRO PRIMERO

En Dios florece el amor
Y la paz en el corazón
Por eso clamo a mi padre
Para la consagración
Quiero vivir en su amor
Es de vida, decisión, que
traigo en mi asignación
mirar al mundo sufriendo,
Y darle liberación.

Allí estaba el padre frente a las divinas fuerzas cósmicas; a su derecha estaba Jesús acompañado de su gabinete, a su izquierda los representantes de otras galaxias, y en el fondo, las legiones de los distintos niveles.

Era un salón de mármol blanquecino y brillante, inmensamente poblado de luminosas butacas de un metal tan resplandeciente como el sol, capaz de herir las vistas inadaptadas, que osaran posarse fijamente en él.

Detrás del padre y de Joshua Ben Joseph, (Jesús), estaban sus asistentes, los encargados de la milicia celestial; ángeles y arcángeles; Gabriel, san Miguel, y la mujer que se había desempeñado como María, en el drama universal que había sido asignado dos mil años antes, al planeta tierra.

También juntos a ellos se encontraban los directores de los distintos rayos, se había reunido el consejo universal, con el claro objetivo de una legislación espiritual para el plano terrenal.

La temática giraba en torno a la limpieza, el amor, la unión, la verdad y la renovación.

Era sin dudas algunas, el encuentro entre grandes, desde el trono del padre, y en aquella ambientación, de distintas ubicaciones, se extendían diversos cordones energéticos, que se ensamblaban a un grueso cordón de plata que mantenía a los presentes unificados al padre, de acuerdo a los niveles que representaran en el espíritu.

Desde el regreso de Joshua Ben Joseph, de la tierra, la temática evolutiva del libre albedrio, había deteriorado las condiciones existenciales en el planeta, y el padre ameritaba el informe de los tiempos sobre los avances, para definir las reparaciones para la nueva generación que llegaría a poblarla; por miles de años Ben Joseph había sido designado como el rey espiritual de la tierra, y como era obvio, al cumplirse los dos mil años habría de legislarse en torno a los avances.

El padre se veía, como el eterno cerebro de alta sabiduría, brillantez, y expresiones, y sólo quienes habían logrado vencer la condición Karmatica de envidia y egoísmo, tenían la facultad de contemplar la hermosura de su rostro y la perfectibilidad de su esencia, reflejado en las almas de espíritus evolucionados en la verdad.

Todos quienes conocieran los misterios de la voluntad, en su vigor, podían entender que nada ni nadie, escapaba a la voluntad de Dios, que se manifestaba en todas las cosas.

El hombre siempre anduvo en dirección contraria a su camino, por lo que en la naturaleza de su esencia olvidada, solía disfrazar con sobrenombre al espíritu, que de hecho era la esencia del ser, todo con la intención de hacerse notar, desde el renglón donde se encontrara representando a la religión.

Se le había hecho difícil entregarse a los ángeles, transitando en el dilema de un libre albedrío sin flaquear en la ignorancia de su olvido andando de muerte en muerte y resuelto a dudar que la naturaleza y Dios formaran un todo único, que Dios habiendo creado a aquella, pudiera a su voluntad, gobernarla o modificarla.

Obviamente no todo lo que solía mirar aquel, era la esencia de lo que percibía, y no siempre lo que veía, era todo lo que miraba, se había llegado el momento esperado y allí estaban todos, legislando para la restauración de un planeta al borde del limbo.

En su libre albedrio, la tierra había llegado a superar los límites de violencia, establecidos para el equilibrio de la causa y el efecto.

Urgía el establecimiento de la paz, ya que sus habitantes en aquella generación, habían contribuidos grandemente al deterioro del planeta, en su afán de dominio y control de uno sobre otros, habían recurridos a guerras, contaminaciones y destrucciones contextuales, habían agrietado la capa de ozono dando lugar al flujo de radiaciones que afectaban y generaban una serie de plagas, que fueron haciendo vulnerable a los habitantes de las distintas poblaciones.

Con sus acciones, el hombre "había construido bacinilla de oro, para vomitar sangre"

Los avances de la ciencia, había inducido al ser humano a sobrepasar fronteras establecidas por el padre, construyendo escalera hacia la luna, que llegaron a expandirse hacia marte, todo en busca de evidencias que probaran la existencia de seres extraterrenos, sin embargo, no habían logrado alcanzar la verdad de sus orígenes.

Sí, habían olvidado que no podían llegar más allá, de donde la programación de la generación se lo permitía, sin que antes se generara una renovación en el espíritu.

En ese entonces el avance del hombre, se limitaba a rendir honor al ego por encima del prójimo, y creían que tal acción, honraba su condición; creían otorgar el beneficio del servicio, aunque quienes obraban en tales circunstancias, confundidos en sus intenciones, ignoraban que estaban llamados a ser quienes eran.

CAPÍTULO

EN EL PRINCIPIO

LIBRO SEGUNDO

Oscuro quieto y sereno, yacía el vacío.
Punto cero, reposaba de hacer nada.
y en un éxtasis de gloria se estiró.
y el reflejo de su acción lo reveló.
Brotó la chispa, y así mismo, él se contempló.
De lo que no se ve, todo se creó.
Él fue la esencia que lo generó.

En el principio fue el pensamiento Y aunque se manifestaba, estaba oscuro y sereno, y la nada estaba sobre el vacío que en su gran vastedad, sostenía a punto cero que se contempló a sí mismo, generando una enorme explosión, que formalizó mi corazón dando a luz, chispas dispersas con vida propia.

Pero allí surgió mi voz, que en palabras se expresó y en el verbo se apoyó:---- Estaba yo relajado, sereno y descansado, al grado que parecía adormecido, pero sintiendo la intención de moverme, me moví, y el reflejo de la acción presionó mi corazón, para que se percibiera, el reflejo de mi yo, y la expansión de mi ser, y al contemplarme se generó un macro circuito que fraccionó mi esencia en sí misma, y vi que mi yo, generó otro yo, y en mi naturaleza que era de un género neutro, se produjeron seres que eran yo, que dispersos me hacían sentir la desconcentración de mí, pero que a mi derredor, eran el todo de mí mismo.--- Expresó el padre.

Innumerables Chispas dispersas mostrando vidas se aparecían y asumían forma para ser él; despertó Dios, y pronunció el yo.

Me introduje con toda la armonía que encerraba mi ser, soy el iluminado.- Dije - un claro soporte del intercesor, él es la adhesión al propósito de liberación, él es el remanente del proyecto del enviado, él es la segunda promesa que precedió a Joshua ben Joseph, (alias) Jesucristo, que en una ocasión por acuerdo entre los Dioses, había sido adentrado a la rueda de la encarnación, para experimentar el sacrificio por todos, y demostrar la resurrección.

Pero para que se entienda la vida y la razón del intercesor, debo apuntarles algunas inquietudes sobre el origen de Dios, y la causa existencial de las generaciones, especialmente de la que actualmente está en pleno ejercicio de la dramatización global.

Pues precisamente ahora, el padre que nos originó a todos, se había percatado del estado de emergencia que para esta época se viviría en la tierra, y en coordinación con todos, se convocó una reunión extraordinaria para escoger a un mediador que despertara a la humanidad que estaba amenazada con perecer en tiempo apocalíptico, si no era advertida a tiempo, antes de que el libre albedrio la condujera a la autodestrucción.

--- Sentí necesidad de carraspear, y carraspeé, una tos que nubló mi garganta me atacó; y continúe diciendo: --- Se escogió al segundo de los Dioses de la creación quien sería enviado a darle seguimiento a la gloriosa acción que estableció, el sería la segunda promesa que Jesús ofertó, él era Ishum, el Dios que junto a Yahvé había experimentado y desarrollado la creación del hombre.

Jehová, que había influido grandemente la conciencia de la humanidad, y que se había apartado del resto de los Dioses, bajo un acuerdo que unificaría los poderes de los Dioses en el padre, se había tomado aquella decisión con pleno acuerdo de desprendimiento, amor y abnegación, donde el padre sellaría la confirmación.

Entonces se selló en la misión de que Ishum, quien había experimentado la evolución del hombre como patrón de su creación, llegaría como un hombre simple en tiempo moderno, despojado de sus poderes, mientras anduviera en la rueda de la encarnación, hasta que la voluntad del padre, que era el todo, nuevamente lo empoderara en el tiempo indicado, para interceder por el género humano, que se adentraba a experimentar las predicciones de la era apocalíptica, donde la tierra y la humanidad, atravesarían la sorprendente ilusión del terror!!!

En su cuerpo de hombre él ignoraría que era un Dios que estaba experimentando las nuevas cargas de la sobrevivencia, en una humanidad evolucionada, y aunque durante los tiempos primigenios de la creación él había entrado en el cuerpo de su hombre para experimentar la crueldad y la persecución de los monstruos primigenios de la época, consciente de su poder, ahora no sería así y llegaría como un hombre común de los que vivían atrapados, ignorando sus orígenes, hasta que se llegara el momento que de forma natural recibiera la fuerza de los milagros y la bendición del poder de lo alto, para que cumpliera el propósito de su misión, y tal y como se acordó así fue.

Pues, como les había dicho, el intercesor sería la segunda promesa, que como Jesús, había sido escogido por todos dentro de una democracia plena, digna de llamarse, democracia de Dios, tal y como había sido escogido 2000 años, antes de la era cristiana, Joshua ben Joseph-alias Jesucristo; para ir a la tierra a salvar a la Humanidad, bajo esos mismos términos se había seleccionado al intercesor, quien había sido enviado para libertar de las obstrucciones creadas en el libre albedrio, que había permitido que el planeta tierra avanzara a los términos del caos, o lo que los terrícolas llamaban: "anarquía organizada".

Se atravesaba por una competencia desalmada, donde se había perdido la piedad, dejándose entender que aún seguían estancado por el espíritu competitivo, arrastrado de la esencia idiosincrática y natural, de los orígenes del hombre.

En esta ocasión como en otras tantas, habían herido al planeta, de tal forma que ya la radiación estaba afectando la saludable condición de los habitantes, generándose enfermedades como efecto de la causa, y era necesario despertar a la humanidad, insistiendo en que conocieran esa verdad que Jesús le había afirmado que le daría libertad, para superar el atraso que la limitación había inyectado, a la generación, para que una vez asimilada se las transmitieran a la descendencia generacional, que habrían de llegar a repoblar el planeta, de manera que tuvieran la comprensión en el momento de que la tierra con su humanidad, fuera promovida a un nuevo plano, que los acercaría a ese paraíso prometido y que se generaría al ser atraído el cielo a la tierra.

El intercesor como Jesús, había sido escogido por la causa de todos, había surgido de lo que parecía nada, tal maravilla nos tenía gloriosamente radiante, y descubrí que en alta voz podía decir y viendo que era bueno dije:

----- Soy la esencia del ser, mi corazón encierra poder; mi alma me otorga calma.

Entonces me integré a una danza que al unísono, ejecutaba un grupo de Dioses que celebraba la gran aventura de dar a conocer, lo desconocido.

ACCIÓN CELESTIAL

Vi que uno de todos, creando forma de utilidades accionó, y dejó surgir la imagen como justificación del ser, originado en algún lugar del vacío donde tal evento aconteció.

En ese mismo instante, llegó conciencia y energía como justificante de lo que existía y cada gesto y cada acción de aparición reiteró la creación.

He aquí donde el padre se torna en una vida soberana a quien nada ni nadie puede destruir, ni si quiera sus propias criaturas, ni los Dioses con nombre que incluye al señor Dios Jehová de los ejércitos, a Yeshua ben Joseph, (alias Jesús el cristo), quien 2000 años atrás en un determinado tiempo de evolución en la creación había sido enviado a la Tierra, en una misión de salvación, a Isham, Ramtha el Iluminado, quien viviría encarnado en una de las primeras evoluciones de los Dioses en lemurias, en los alrededores de la Atlántida, a Yahvé el liberado, e Id el apacible.

Realmente en el propósito del padre estaría dejar que sus criaturas crecieran por si mismas; sin que él tuviera que intervenir, hasta que llegara el tiempo donde él lo convocaría a todos para un acuerdo cuando se hubiese cumplido el propósito de que la vida sería para siempre.

Y todos vimos que tal hazaña de la creación marcaría el milagro del yo soy.

CAPÍTULO

GENERACIÓN DE LUZ

LIBRO TERCERO

Eones antes de la era moderna, en lo que ahora se conoce como la tierra, en el espacio sideral, habían entendido los Dioses sus poderosas facultades y sabiendo que nada ni nadie los detendría en sus propósitos, iniciaron el juego de la creación.

Ya se había definido el big – ban o partícula X como principio de declaración de la masa, donde antes había existido espacio atemporal, y materia y anti materia de las formas gaseosas que venían constituyéndolo.

El ser que era todas las cosas en su auto capacidad, pero sin experiencia, motivó al pensamiento a mirarse hacia adentro y descubrió la inmensa vastedad que habría de detenerlo en la auto reflexión dando origen a lo que sería luz, que a su vez estaba poseída de partículas x, z, hidrogeno, oxigeno, y un electro que la mantenía explosiva y cohesiva.

Entonces la luz se hizo expresión de pensamiento individualizado y aquella conciencia personal se multiplicó quedando cada parte a su vez conectada del todo llamado el padre.

El pensamiento reflejado del padre y que era el flujo, que le daba sustancia para que la luz se mantuviera unida, debía ser atrapado, y así fue, como se constituyó en la esencia, esa gran luz, esa aura que abarca lo que somos.

Y como habíamos señalado, de ahí los seres se volvieron Dioses co-creadores: "a imagen y semejanza del padre, quien en su rol de punto cero, se había contemplado a sí mismo, produciendo un movimiento que, generó el surgimiento de la luz, cuyas partículas fueron el nacimiento de la conciencia de multitud, donde descubrirían los Dioses las cualidades auto-adquiridas como legado del padre en su etapa primigenia.

Y en el momento en que el estallido hizo su aparición y nació la luz, el pensamiento contempló su imagen y la luz fue más grandiosa y nada se comparaba al pensamiento perfecto, mientras el sonido se tornaba prodigioso, y el susurro de una melodía se oía, y el pensamiento había fijado su coagulación.

Se había impregnado el contexto de esperanzas y brillantez, emanado y contenido en la luz, y uno y otros se miraron, y se hizo en sí mismo la perfección del creador.

Dios se había convertido en la unidad del pensamiento expandido y la conciencia de la existencia se convirtió en todo lo que existió desde ese ahora hasta la eternidad, y el Dios de nuestro ser, nacido en la luz cultivó desde sí mismo la memoria emanada del pensamiento contemplativo como regalo del padre a su hijo el señor de nuestro ser para que el hijo pudiera poseerlo.

La luz nunca fue blanca, ni pura ni invisible, por lo que se escindió como un centinela descriptora del color, provocando su propia expansión al crear otro universo permaneciendo cada uno ante su propia esfera, y se fueron generando las galaxias, el sistema solar, y los planetas.

El sol se había situado en cada universo como dador de propulsores de luz viendo surgir a Malina como primera creación, comenzando a tener sus propias ideas y a crecer en su interior.

Los Dioses que aún boquiabiertos contemplaban la lección de la naturaleza, vieron que propulsado por un gran salto, Malina había llegado a una órbita más grande, y más cercana al sol, trayendo consigo a sus prodigiosos seres de luz, quienes se establecieron allí, convirtiéndose a través de ellos mismos, y en el principio de sus principios, en co-creadores con el padre, y comenzó la expansión de la vida, y cada Dios en su creación se convirtió en la profundidad de lo que ellos mismos habían creado y su forma de luz corporal, se convirtió en el objeto de su creación, agregando a su belleza, el poder creativo de su ser.

6

C A P Í T U L O

LA NADA

"Todo lo que se ve,
fue hecho de lo que no se veía"
Hebreos: 11- 3

Los anales filosóficos de la historia, destacaban la expresión Aristotélica: "De la nada viene la nada" y era que la revelación siempre estuvo para justificar la incredulidad de las generaciones, porque para el ojo humano, la nada es todo aquello que la vista no percibe, sin embargo, lo que se presiente, se siente. Aunque estudios ecológicos, nunca habían llegado a descifrar, el misterio de la naturaleza, sin que la base biológica llegara a encontrar la verdad originaria en el reino animal.

Nuevos planetas, habían surgido a la luz del conocimiento de la humanidad, y algunos estudiosos que tampoco entendían esa verdad que envolvía a la humanidad, justificaban sus aseveraciones en que detrás de la biología, aparecía la religión, en un matrimonio indisoluble que equilibraba el juicio entre sabios e ignorantes.

Sin embargo, el hombre carente de fe, o de certeza de lo que es, no creía en lo que no era demostrable, o mejor expresado, en lo que antes su vista limitada, carecía de demostración.

Occidente se había alineado a la teoría platónica, que luego pasaría a ser sostenida por Copérnico:

" la tierra gira alrededor del sol"

Siendo galileo Galilei, el principal motivador sobre el principio de Gau, y las caídas de los cuerpos, como el martillo y la pluma que llegaban al suelo al mismo tiempo, generándose la ley del movimiento de los planetas, la ley de la armonía.

Y más luego Isaac Newton, esboza la definición de la caída de la luna".

Y con esto surge la ley del movimiento, que define la mecánica para llegar a la gravitación, para que el hombre dirigiera un proyectil, con precisión girastica, que conduciría a la exactitud en el tiempo, en el movimiento circular, que explicaría los periodos de las eras.

Desde este entendimiento, avanza la naturaleza a revelarse, desde el laboratorio de física, fortaleciendo el entendimiento de la humanidad en función de la gravitación universal.

Y todas estas acciones, harían resonar lo que vendría a ser la mecánica cuántica, que a su vez definiría la búsqueda como el destino del hombre:

Así se llegó a entender que el efecto de la gravedad, siempre seria el mismo, de forma que los cuerpos caerían en aceleración constante, accionando Galileo en hacer demostrable su teoría, adoptando el método de Leonardo Davincy.

CAPÍTULO

LA ESENCIA

A pesar de todas las creencias que hoy la humanidad pueda inspirar, los Dioses se veían y se sentían en sus cuerpos de luz, desde entonces y hasta la eternidad.

En ese entonces sólo existían las partes gaseosas del sub- suelo, y las emociones encendidas como ser colectivo, se encontraban dispersas, y cada columna, cada Dios, descendió en malina, nada podía detener el camino de Dios que a su paso generaba cada elemento alrededor de su continua eternidad.

Aparecieron columnas del mármol más puro, y surgieron las plantas del pensamiento, con la belleza de la luz.

Entonces la competencia se apoderaba de los Dioses, y mientras uno creaba un árbol que parecía agradable a un Dios, otro Dios lo creaba más grande, y el que había creado el pequeño lo hacía más grande que el primero y el segundo que se había creado.

Y uno hacía un templo que parecía lo máximo, y otro creaba otro más grande y esplendoroso, y en medio de todos apareció un Dios exaltado con su mármol rosado que había planeado construir un diseño, en el centro de las de más creaciones, y no habiendo más lugar que el valle donde temblaba aquel suelo y los arboles caían, él optó por la montaña, donde ya espacio no había, por encima de aquello lo intentó, más, nadie lo permitió, y la cólera afloró, y cuando se enfureció y contempló a los de más, un estruendo originó y detrás de aquel estruendo un relámpago nació generándose la furia como pensamiento colectivo emitido y el relámpago atravesó uno de los templos que se habían erigidos, y la sorpresa y el horror se habían apoderado de aquellos Dioses que nunca habían experimentados nada igual, y que al mismo tiempo por el factor sorpresa y consternación recibían la descarga sobre ellos sin la experiencia de saber qué hacer, y agrupándose desaparecieron, sin embargo otro grupo que contemplaba empezaron a experimentar la incomodidad percibiendo que el padre como fuente no le había explicado qué era esto, ellos ignoraban que su sabiduría llegaría a través de las experiencias de todo el ejercicio existencial, donde Dios vería la diferencia entre lo que sería bueno o malo, para reafirmarlo o erradicarlo.(Génesis 1: 10, 12, 18

Entonces ese grupo de Dioses viendo que aquel individual había destruido con su rayo las de más creaciones, para erigir su templo se aproximaron a reclamarle, y el Dios del rayo le respondió que ellos no le habían asignado un lugar para lo que sería su creación, ya que era necesario que él creara, porque si no lo hacía en ese momento, se quedaría retrasado en el programa de la creación.

El grupo de Dioses le explicó al Dios del rayo lo que sería un procedimiento ético, que originaría el concepto por siempre, y era que él sabía que no podía destruir sus templos para erigir el de él, pero el Dios del rayo que estaba satisfecho con su creación, en ese momento comenzó a entender que por medio del acto de la descarga eléctrica, él podía hacer lo que quisiera en cualquier parte.

Entonces el Dios del rayo empezó a experimentar la sensación de expansión y siguió destruyendo los demás templos creados, para seguir erigiendo los de él, hasta que al llegar donde se había creado el más pequeño de todos, sin importar la insignificancia, él lo redujo a sus cimientos, y el Dios que aún permanecía en el lugar de su creación experimentó el coraje ante la injusticia y enfurecido respóndele al Dios del rayo con una descarga mayor que la de aquel, y el Dios del rayo, que nunca había sido objeto de agresión, y que aún estaba en medio de la sorpresa --—respondió:

--------- Oh, no entiendo como osas desafiarme--- y al decirlo, escindió otra descarga que ipso facto fue devuelta, y mientras ellos experimentaban el origen de la guerra, el primer grupo que había abandonado el escenario de aquella beligerancia, había empezado a experimentar el origen de la paz, pudiendo contemplar desde un lugar más alto, cómo los Dioses que experimentaban y ejercían la violencia, habían destruido a Malina, el primer planeta de la creación, que por cierto estaba situado en el mismo eje donde hoy se encuentra Mercurio, en las proximidades de las pléyades.

ASPIRACIONES

Pensé que era mía, la gracia decía, mi tierna alegría, es la vida mía, noble regocijo, que me da cariño.

Gloriosa ostentosa, radiante y brillante.

Ternura que emula, con sonrisa pura.

Sincera serena, como primavera, que por vez primera, impregnó mi estela, y cuando la miro, veo sonrisa eterna.

Es tan bella estrella, que me mueve el alma, y lo declaré:

Condecoro mi vista al mirarte, mi corazón se exalta al contemplarte.

Si está preparada en darme tu amor, dame la señal de la comprensión.

Trémulo tu cuerpo, sibia (*) tu mirada, el centro del mundo es una alborada.

La noche ya estaba en la madrugada, más yo pernocté, y al abrir los ojos yo te contemplé.

Vi que tu mirada, estaba extasiada, algo ensimismada.

---

*   Serena.

Los rayos del sol, me dieron valor, y tras su misterio, me diste tu amor.

Todo fue alegría, un amor de un día, todo fue un honor, lleno de pasión, y a través del tiempo, eres mi ilusión.

LA MUJER: LAGRIMAS PRIMARIAS

Toda mi vida he amado a la mujer, porque fue el canal que otorgó el nacer, porque de la creación, ella fue la opción que entregó el señor.

Ella fue el acierto, que el don del divino dejó en el camino, para armonizar la naturaleza.

Ella es la sapiencia, que en silencio indica, el sentir del ser, al amanecer.

Ella rediseña las pautas a seguir, ella es la mitad de la humanidad, también es la madre de la otra mitad.

¡La mujer divina!

El ser que me inspira.

La chispa que atiza.

¡Ser del universo que me induce al verso!…

Ella es seso fuerte, no sexo que envuelve.

¡Y con su mirar, me hace despertar!

Ella piensa sano, llora con ternura.

Y tras su paciencia, rompe las ataduras.

Ella es tan gloriosa, que Dios la hizo hermosa.

Por cada accionar, Dios la hace brillar, para con su luz, el mundo cambiar.

¡Eso es la mujer, ternura amorosa, paciente, gloriosa!

¡Tan presta a esperar!

Es mi despertar.

Tras la cadencia de su presencia, desfilaban los neutrales, constituyéndose en Dioses de la paz, habiendo concebidos desde donde habitaban, el espejismo del dominio desde su pensamiento, y el medio de suplir algún mayor espectro para otros universos, que facultara espacio a donde se erigiera la digna creación de diseminación y mayor, comprensión, para evadir la guerra de los beligerantes.

Surgió así, la exuberancia del porvenir, y aunque pelearon unos contra otros, no murieron, y levantándose de entre los escombros hubo uno que entendió la eternidad y lo expresó:

----Ahora entiendo que nunca moriré y que yo soy el que soy--- Era Ishum, quien desde un principio tuvo la certeza existencial, y uno de los que habían nacido sin miedo, pero que en ese momento no sabía, que un nuevo planeta brotaría del mismo corazón del pensamiento que generó esa creación donde él actuaría como intercesor.

La Diosa Dove elevó una nueva creación por la tristeza generada en la destrucción de Malina:

--- Oh, padre, no conozco la razón del fundamento de lo que hoy acontece, no sé si es alegría o es tormento, pero un triste pesar siento por dentro, y en la ocasión de un nuevo experimento, dirijo esta canción que por ti pienso, por compasión y amor a este tormento.

El primer hijo del sol y su llanto generó una nueva creación que vendría a llamarse lágrima, Dove, fue la primera en experimentar y sentir la desesperación, y en descubrir el patrón de la tristeza.

Ningún Dios antes, de ella, sabía lo que era llorar o lamentarse y donde la Diosa Dove lloraba, caían cristales, la destrucción de Malina el planeta blanco, había inducido en ella un canto de lamentación y como bien lo digo yo, el iluminado: "su canción caería sobre la tormenta y los truenos que estaban en camino, llevando sus formas de luz hasta la semilla del "padre".

Fue así como la Diosa Dove y sus acompañantes, se elevaron en un pensamiento y llegaron al punto más lejano de nuestro universo, y en las proximidades de Plutón, iniciaron su creación con la paz como galardón.

Entonces la madre sol reinició su creación, y nació el planeta de la tristeza y donde los Dioses, aún aletargados, habían iniciado su despertar, pudiendo disfrutarlo efímeramente, ya que era más grande que su progenitora y explotó, y los fragmentos de su alrededor se concentraron en su centro, siendo arrojados después.

Por eso el intercesor sabía que venía de un lugar donde se habían superados las lágrimas artificiales de las emociones generadas por el drama de la humanidad, que vivía encadenada a la mentira, porque nadie tuvo el valor de decir la verdad, por lo que se encontraba atrapada en las emociones y los temores, y en la soledad de su tristeza.

CAPÍTULO

EL PORVENIR Y EL VIVIR

LIBRO CUARTO

El rocío atraviesa la brisa, y empieza a salpicar, destilaron las nubes las turbulentas aguas, que a la tierra vendrían a inundar ¡cuántas aguas deambulaban, muchos hombres naufragaban, la tierra estaba poblada, del diluvio de las aguas!

Era como un inexpugnable pedestal, que a viles espécimen llegaba a arrastrar, diminutas basuras, que ungidas en amarguras, devolvían la sonrisa de la muerte, buscando que la luz, no volviera al presente.

Y las nubes, enfangaron el suelo con sus lágrimas, y la luz pereció en la cruz, en la tierra le llamaron rey, y la tradición lo llamó Jesús.

Era un viento en el brizar, que muchos años después, llegó para libertar.

Parecía indefinido el camino, aunque, todo estaba trazado hacia el destino, y de lapso, en lapso transitaron, antes de que la generación fuera consciente de su trayectoria.

El sol continuaba en su gestación y nuevos hijos nacieron, muchos de ellos estériles, muy pocos del agrado de los Dioses, y cuando se perpetró arrojó de sus simientes al más chico de sus hijos sumergido en una sustancia acuosa, cuya superficie blanda era moldeable, se movía y cambiaba, el cariño del sol, salpicando de amor esa creación, y la semilla fue afirmada de lo que se llama luz oxigenada que tenía todas las partículas de la vida en un entendimiento tridimensional y de su ser se originaron hierbas, con el color verde que se reconoce, y cuando el pensamiento atravesó al hijo, apareció la vida haciéndose conductor de tal entendimiento y las hierbas se manifestaban en todas sus especies y el Dios encargado de tal creación tomó la semilla de otra planta y nació otra planta y su Dios la admiró, pues traía un nuevo color.

Entonces otro Dios aportó una nueva creación, dándole vida a lo que se llamó el animal que en su forma más baja y concentrada se había convertido en una entidad individualizada, pero el animal no se movía, apareció sembrado como la planta, y su creador lo examinó descubriendo que no hacía nada, y el Dios se convirtió en parte del animal, el cual inmediatamente había cobrado vida, pero los órganos del animal no se habían diseñado para digerir luz o pensamiento, entonces el animal devoraba todas aquellas plantas, y los Dioses que se habían convertidos en sus propias creaciones, en ese momento estaban siendo masticados y tragados "en una gran convulsión".

Y vino Dios y le dio un pensamiento permanente a la planta para preservación y ese pensamiento, fue la semilla que había surgido desde el estiércol del animal, libre de contaminación, con la temperatura y la luz necesaria para reproducirse rápidamente, y el pensamiento brotó instantáneamente en todos los lugares, y los Dioses con las plantas en sus manos vieron que era bueno y establecieron la flora.

CAPÍTULO

BELIGERANCIA

En cada primavera tú te embelesa, en el latir crujiente de un despertar, es que tu amor incierto me induce a amarte libre de algún capricho y de un desvelar.

Asumo el equilibrio de mi grandeza, en la gloriosa esfinge de tu entereza, voy sonriendo a mostrarme frente a tu mesa, coordinando abrazar esa nobleza.

Siempre piensa y decide si está conmigo, pues soy el equilibrio de tu cariño, y en cada amanecer yo me ilumino, cuando miro tus ojos en mi destino.

El cosmos se deleita, y yo contigo, siempre que me sonríe nace el cariño, y en cada invierno frio, tu eres mi abrigo.

Así, el Dios que generó el primer grupo de animales, le dio su aliento de vida, y otros Dioses diseñaron otros grupos de animales, que recibieron la semilla que habían arrojado poniendo un huevo que tenía una semilla fértil que se incubaría generando un animal sin forma individualizada, porque tenía la misma identidad, entonces creó otro más grande que en seguida fue y devoró al más pequeño, ideando entonces el Dios de esa creación mantener el patrón de la misma y hacer un animal donde él fuera parte de su creación entonces poco después sobrevino una batalla donde el Dios experimentó el ímpetu de la guerra sobre otra criatura y muy pronto la creación evolucionada había abatido al terrible animal.

Después creó otro que tuviera forma individualizada y que fuera más pequeño, poniendo en él la semilla del más grande, entre las dos glándulas, formando así una pareja que se reproducirían a través de la copulación, el Dios vio el resultado favorable al propósito y otros Dioses asumieron crear partiendo de este patrón de individualidad, y entendimiento, lo que generó la fauna o el reino animal.

LA IMAGEN Y LA INSTRUCCIÓN

LIBRO TERCERO:

La intensidad de tus coplas, habrá de hacerte soñar, y la rima de tus versos, te mueven al despertar. ¡Qué triste es verte llorar!

Si es que la luna te alumbra, las estrellas brillarán, la intensidad de su brillo, al cielo te elevarán, y las cortinas cerradas, los rayos las rasgarán.

La ternura guarda el alma, cuando se siente la calma.

Y tú, ¡qué extraña te encuentras! Como una flor te embelesa, y en primavera te muestras, en grata naturaleza, y ese amor a ciencia cierta, renace de tu belleza.

¡Cuánto admiro tu existencia!

¡Qué divina, tan excelsa!

Platónico tu sentir, valiente tu porvenir.

¡Qué hermosa naturaleza, que ha creado tu nobleza!

Y en silencio ………. tú me besas.

-----: Conociendo el ser su origen, le fue fácil entender su definición y en su condición original, supo que era conciencia y energía.

Dios como creador de la realidad, dio libertad al espíritu para que a través de la genética experimentara el conocimiento consciente, usando al cuerpo emocional como un programa de ADN, donde la actitud de cada entidad, afectara a su descendencia.

----- ¿Cómo se definió la imagen---- Cuestionó el intercesor?

Viendo el iluminado el intenso interés, de aquel, le sonrió en el silencio, y tocando los hombros de su destinatario, en una glorificante armonía le dijo:

----- A partir de la imagen, surgió el vientre del hombre, y cuando Dios se contempló a si mismo igual que su padre lo hiciera una vez, tomó un cuerpo y le dio a este la imagen perfecta para estar en medio de su creación, produciendo una imagen de sí mismo, y estableciendo que cualquier imagen que llegara al estrato a través del vientre, debía estar compuesta por los elementos del vientre, así que el hombre nació gracias al aliento de Dios.

Halcón Emanuel, extasiado en aquellas disertaciones, degustaba el manjar de la grata enseñanza:---- Agregó el iluminado---:

----- Así, fue como la primera visión del hombre había cobrado vida por medio de las entidades llamadas Ishum y Yahvé, quienes habían deseados ser parte de la forma creativa, penetrando de la misma manera que se había generado en aquel tiempo.---- Dijo--- mientras la esencia de su ser, dejaba escapar una brisa espacial, ya que el iluminado era como el viento. Y siguiendo el hilo de su conversación afirmó:

------ Ishum empezó a ver la imagen del hombre en todas las cosas, y se había adentrado hacia el plano de la tierra, atravesando el estrato en los tiempos en que los animales que habitaban el plano, aún no se configuraban como hombres, y cuando las aguas no habían descendido sobre la tierra.

Ishum se convirtió en el hombre que había creado, y cuando los Dioses que habitaban en los animales que habían creados, vieron la hermosura del hombre en su cuerpo inicial, y Yahvé creó a su hombre, y los otros empezaron a crear a sus hombres, y los que habían evolucionados hasta la contemplación de esos inicios, decidieron evolucionar hacia el patrón creativo de Ishum y Yahvé, creando cada uno una imagen de sí mismo…. ----¿Cómo de sí mismo?---- Interrumpió Halcón Emanuel.---

---- Sin definición de género Aseveró el iluminado--- ----Es decir ni era femenino ni masculino, y habiendo el hombre recibido el aliento de Dios, se convirtió en el ideal perfecto, y se expandió hacia diferentes puntos a lo largo de nuestra esfera, pero aún el hombre que estaba en el proceso de su real constitución, era estéril, no estaba definido, y la fauna, ese conjunto de especies animales, había sido mermada por la entidad devoradora, surgida de la experimentación de la creación, que había empezado a comérselo, viéndose Dios realmente atareado porque cada vez que el hombre era destruido, Dios tenía que reponerlo con la creación de otro.

---- Suena interesante--- Dijo Halcón Emanuel:

----- Si, porque no obstante si el hombre en aquellos tiempos se hubiese reproducido, hubiese aparecido como una fotocopia de sí mismo, hubiese sido una especie de duplicación a través del proceso de clonación de la imagen, o de los patrones de destinos a los cuales se les había dado vida, es decir, hubiese quedado grabado en el componente genético de la criatura anterior.

-----¿ Lo que usted me está diciendo es que al crear cada Dios una imagen individualizada, partiendo del patrón original, definió los distintos rasgos que evolucionaron en el programa de la creación, hasta que se alcanzaron las distintas formas correspondiente a los patrones individualizados de aquellos Dioses, por lo que hoy, podemos notar las diferencias fisiológica del comportamiento e idiosincrasia étnica desde oriente hasta occidente, en sus rasgos e idiosincrasia?---- preguntó Halcón.

-----:Es correcto, esas diferencias individuales, son obvias aunque traigan un parentesco, obedeciendo tal condición, a la concepción que asumió cada Dios, al momento de crear su hombre de manera que cada uno se distinguiera y trajera su diferencia;

Cada Dios ordenó su grupo, generándose el politeísmo, porque cada grupo adoraba al Dios que lo creó.---: Dijo

Entonces el iluminado que había estado en el éxtasis de su concentración, nuevamente había sido interrumpido por el intercesor, que sobre el tema lo interpeló:

_ Quiero una explicación detallada donde la comprensión de lo increíble se asimile.

El iluminado lo miró, y con una sonrisa le reafirmó:

---: La imagen de cada parte del cuerpo creado, había sido capturada por la imaginación, de la creación, la base de cada célula vendría a ser la luz, porque la célula había sido asignada para guardar el recuerdo perfecto de la idea perfecta, para que contuviera la reproducción de la parte de la totalidad, que debiera expresar, así Dios creó y vio que era bueno, y después asumió.

Luego, cada uno nos hicimos portadores del cuerpo de nuestro padre, para heredar sus miedos o su valentía, donde el cuerpo emocional se sellaría en el programa de ADN, para que cada cual fuera quien.

La realidad, vino a ser un campo de energía potencial, que aunque estuviera coagulada, llegaría a ser disuelta y formada nuevamente de acuerdo al pensamiento enfocado; el vientre del hombre, antes del hombre ser lo que es, atravesó por un proceso de mejoramiento y evolución, siendo el hombre de Neanderthal u Homo sapiens, la creación más aproximada al hombre de esta generación, pero el primer hombre de la creación fue un Dios andante, de una inteligencia sobresaliente, un sobreviviente perfecto de una gran habilidad para burlar a los animales que devoraban a los de más hombres que tenían que ser reproducidos, él en cambio lograba resistir a todas las envestidas.---- Aseveró el Iluminado--- Halcón, agradeció y siguieron juntos en el camino.

C A P Í T U L O

REAFIRMACIÓN

Deleite de espíritu, gloria con motivo, ternura del mundo, que abre los caminos.

¡Qué tierna belleza, la naturaleza!

Es motivo excelso, de quien la contempla.

Habían Halcón y el Iluminado, recorrido un largo trayecto en silencio, pero al aproximarse, a donde se escindía un árbol gigantesco, se expresó el Iluminado: ------: Pues te sigo diciendo, el Dios creador de la imagen, que se había introducido dentro de su creación, habitó la tierra y experimentó, todo lo que su creación atravesaba, hasta que perfeccionó el entendimiento de crear al hombre que vendría a ser, la imagen de hoy.[1]

Llegado el día abandonó con Valentía, [2] el cuerpo de su creación.

---

[1]   Génesis:1- 3

[2]   Digo con valentía, porque otros Dioses, habían quedados atrapados por temor a dejar su creación porque creyeron que morirían, me refiero a esos que habían experimentados en animales como la ballena, el delfín, e incluso el pie grande, que son entidades que poseen las almas de Dioses primigenios, y que aún hoy perduran atrapados en el cuerpo de sus creaciones.(véase génesis : 1-21.

Ishum, el Dios que había abandonado a su primer hombre, regresó al estrato influyó en los demás Dioses que apoyaban aquel parecer, contempló y vio el razonamiento, la sabiduría y la compasión experimentada, y vuelto un estratega, se convirtió en el hombre dividido en sí mismo a través de la carga negativa o el vientre de la mujer; para unirse a la carga positiva del hombre, que junto al electro o morada del señor de nuestro ser, generarían las condiciones de la vida por venir, uniendo las almas de los dos.[3]

No obstante desde el sexto nivel el padre, que era los dos, los contemplaba y Dios su creador entregó su vida y el alma de su gran ser que le había sido entregada por el padre, y cuando uno miraba al otro, se veían entre ellos.[4]

Los Dioses allí presente que observaron lo acontecido, viendo que era bueno, se convirtieron en la maravillosa creación; el hombre dividido en él mismo, seguía siendo el diseño de Dios, y a partir de la imagen de este hombre, todos fueron iguales, y cada uno de ellos concentró el proceso de pensamiento en la mujer, que era el vientre del hombre, y una parte del vientre del hombre guardaría el huevo u ovulo, y la otra parte, el pene del hombre, guardaría la semilla, y los dos ideales en esta creación, se formularon a partir de un solo Dios, el cual le entregó sus movimientos desde la parte de su ser; colocando para siempre en sus genitales, el pensamiento de la creación.

El intercesor estaba absorto, mientras el iluminado con magna maestría se expresaba.

---- :¡Es increíble!--- Pensaba aquel.

----: De esa forma la semilla del hombre se convirtió en otra semilla y un pensamiento de fervor arropó a los genitales, haciendo que la semilla

---

3   Génesis: 1- 27-28

     Nota: algunos seres que en esta generación, han nacidos al mismo tiempo utilizando un cuerpo llamado siameses, son un ejemplo de lo que fueron los experimentos iniciales de los Dioses, con el vientre del hombre en la etapa inicial de la creación, antes de que pensaran en la creación individualizada de ambos géneros, con diferentes formas en los órganos reproductivos

4   De aquí procede que la expresión hombre, se use como un término misceláneo para referirse a ambos géneros a la vez :Femenino y masculino.

se vuelva ardiente. --- Aseveró, el iluminado, y sin ser interrumpido, continuó:

La imagen había evolucionado superando, la forma inicial de la creación; que en el principio como hombre de cromañón, había sido perseguido y engullido por los animales, pero en la medida que desarrollaba su inteligencia, pasó de ser de cazado a cazador. Desde ese momento, empezó a representar en las cuevas las imágenes de los animales a los que daba caza, y teniendo en el corazón el sentimiento de que aun existían Dioses atrapados y experimentando en sus creaciones, ejecutaba, rituales para disculparse ante los espíritus de tales animales, por haberles interrumpido el ejercicio de la vida encarnada. En ese entonces, 60,000—10,000 A.C; cuando ya aquel, había olvidado su origen.

Creía el hombre de cromañón, que los dibujos que impregnaba en las paredes de las cuevas, retenían las almas de las bestias, honrándolos con regalos ante los dibujos, esperando reforzarse con el espíritu del animal; habiendo generado tales prácticas los orígenes del politeísmo, por las diversidades de espíritus en las adoraciones.

El iluminado no cesaba de explicar, ni el intercesor, se cansaba de escuchar, pasaron varias lunas en esas enseñanzas, hasta que aquel, quedó edificado.

Todas estas actitudes habían dado pie al surgimiento de adoradores de circunstancias históricas, que anteponían la autoridad de tales tradiciones, a las enseñanzas de las escrituras, que aunque presentaba la verdad, tras de un simbolismo parabólico, no dejaba de mostrar a la humanidad sus orígenes tras la significación anecdóticas, lo que había aprovechado la asamblea del pueblo elegido, del Dios Jehová, que en Ekklesia, daría surgimiento a la iglesia primitiva, que de hecho confundiría el mensaje de espiritualidad, y liberación que habían difundido Jesús y sus apóstoles, tornándolo en religión de terror y manipulación, que mostraba a Dios, como un ogro inmisericorde que infringía castigo.

Por lo que la humanidad, ignoró aquella verdad, que otorgaba libertad!!!!!

Y, aquellas aventuras de Dioses y animales, evolucionaron en el tiempo, para los planteamientos Darwiniano, de los orígenes de las especies, cuyas tesis llegaron a infringir, una mayor confusión en la humanidad, con su teoría de que el hombre, había evolucionado del mono, y por algún tiempo confundieron el origen de la verdad, sin embargo, todo obedecía a la ignorancia de que los Dioses primigenios, habían experimentados en sus creaciones iniciales, y que habían habitados en la tierra en tales formas dentro de los cuerpos de los animales, que fueron imágenes originadas en el momento del programa de creación, cuyas formas fueron las primeras muestras de existencia poseídas por el espíritu, en el plano de terra, antes que procedieran a experimentar en el cuerpo del hombre, lo que indica que algunos hombres, nunca fueron animales, porque solo algunos de los Dioses primigenios., como ya habíamos dicho, experimentaban dentro de sus creaciones iniciales por lo mismo, durante miles de años los espíritus que experimentaban como hombres, al olvidar la trayectoria de sus orígenes, empezaron a ignorar la condición de su esencia, y la realidad sobre el planeta que habitaban, al tiempo que su espiritualidad se hizo dependiente, y solo era ventilada, a través de las religiones, por lo que el hombre empezó a adorar las entidades desencarnadas, adhiriéndose a la causa del politeísmo porque eran varios Dioses.

El hombre nunca se imaginó que la tierra era redonda, hasta que se llegó el tiempo de la comprobación.

Todo esto llevó a la iglesia católica a guillotinar a muchos, incluyendo a Copérnico, dejando en la mira a Galileo Galilei, dando pie a que se entendiera, "que la ignorancia siempre seria madre de todos los males"

En el caso del naturalista británico del siglo XIX: Charles Robert Darwin, él nunca supo que los Dioses Primigenios, ensayaban en sus creaciones, por lo que basó su teoría del "origen de las especies", en las informaciones recortadas transmitidas entre generaciones.

Planteaba Darwin que las poblaciones evolucionan durante el transcurso de las generaciones, mediante un proceso conocido "como selección natural, situando a la especie humana actual (homo sapiens) dentro de la evolución biológica de la selección natural y la selección sexual".

Por lo mismo aquel creyó que el hombre había evolucionado de las especies, y la información popular se había circunscrito a creer que el hombre vino del mono, tan alegremente como se corrió el mito de que la manzana había sido "el fruto prohibido."

No obstante, en las experimentaciones esenciales de los Dioses primigenios, dentro de sus creaciones, "Dios vio que era bueno" y en la medida que aceleraban el programa de creación, antes de llegar al hombre como sobreviviente perfecto, por mucho tiempo, habían experimentados dentro de las formas animales, por lo que aquellos en el principio, eran dueños de una inteligencia natural, antes de que Ishum creara el cuerpo del hombre y empezaran a experimentar en él.

INTELIGENCIA

LIBRO CINCO

Es que las flores guardan el canto de los amores, y en ese canto brotan las voces de ruiseñores.

¡Y la elocuencia de las expresiones, van taladrando los corazones!

¡Oh, tierna amada, si tu entendieras mis ilusiones!

Nunca dudaras las intenciones, que en cada vuelo, a tu vergel, van acarreando, tras tu querer, los ruiseñores, que andan rondando, tras tus amores!!

Deambulaba yo, por la pradera, y en el trayecto reflexioné, que era posible que los Dioses en forma humana, hubieran retenido la habilidad de manifestar sus pensamientos y deseos atrayendo la naturaleza competitiva, que se había originado desde los inicios de la creación.

La impetuosa ráfaga del Dios del rayo, había poblado mi recuerdo pero al mismo tiempo, noté lo que ya ellos habían vistos y era que su identidad con el plano material, les había causado que se generara la separación y el olvido de la divinidad, habían perdido el poder de crear, y habían atraído la limitación, quedando atrapados en la rueda de la reencarnación, sin poder recuperar la libertad de la inmortalidad.

Luego las religiones registraron una serie de eventos que partían de todas las hazañas iniciales de los Dioses en el afán de auto justificarse, y se ponderó que "los ángeles caídos fueron aquellos que por desobedecer a Dios, habían sido echado del cielo, porque aquellos querían tener más poder y ser como Dios, lo que motivó que Dios en su infinito amor le concediera el libre albedrio que un grupo rechazó", y se lo devolvió, pero otro grupo que aceptó, sin percatarse que caía en pecado, y había provocado la ira de Dios, generando la primera guerra en los cielos.

De aquí parten aquellos que habiendo perdido su dignidad y abandonando su morada, al ser expulsados de los cielos, se convirtieron en demonios, quedando atrapados en las prisiones de la oscuridad, hasta ese día del juicio final, o mejor dicho ese día en que regresarán al plano sublime, y le exhibieran el video de sus trayectorias existenciales para que supieran a donde erraron, y qué tenían que repetir para seguir avanzando en el camino de regreso al padre.

No obstante, desde la concepción de la religión, Dios había asignado a los ángeles vigilantes, a quienes llamaban grigori al servicio de los arcángeles, en la construcción del edén, pero estos al llegar a la tierra vieron que las hijas del hombre eran bellas, se involucraron con ellas y revelaron secretos de los cielos que incluían movimientos de cuerpos celestes, belleza natural del cuerpo, y olores atrayentes y esenciales.

Las mujeres aplicaron para ellas aquellas enseñanzas y los grigori se enamoraron y muchos de ellos se casaron, y tal mezcla, dieron pie a que la tierra se poblara de gigantes llamados Nephilim.

Aquellos terribles gigantes mitológicos generados por aquellas relaciones, indujo a Jehová a tomar a la humanidad como su propio grupo, sometiendo a todos a sus designios; entendiendo Dios que esto no era bueno, maldijo a quienes lo traicionaron y echó del cielo a los ángeles grigori, los hizo mortales y por la naturaleza de la transgresión, muchos de ellos se volvieron demonios, de ahí se origina esa creación.

Los Hijos de Dios siguieron expandiéndose y esos hijos habían sido los valientes desde la antigüedad que fueron varones de renombre, tales como hércules, sansón, Goliat entre otros etc.

Y vio Dios que crecía la maldad en la tierra, y que los designios de los pensamientos del corazón derivaban solamente en mal, y arrepentido Dios, se desilusionó enviando el gran diluvio, que habría de limpiar los desastrosos resultados que habían causados aquellos seres en la tierra.. (Génesis 6: 1, 4, 5, 6, 7).

EL JARDIN DEL HONOR

El verdor de una flor que genera el amor, es una inspiración, que agrada al corazón, ilumina las almas con un grato esplendor, y siento que el espíritu me da la comprensión, que un vergel y un jardín, inducen al amor.

¡Qué deleite y honor, siente mi corazón! cuando miro y contemplo, el verdor de una flor.

Se libera mi alma, al ver al ruiseñor, que ha elevado su vuelo persiguiendo a una flor, y al centro del vergel, le declara su amor.

¡Que deleitable y tierno ha sido el ruiseñor!

Tan sólo con un canto, él conquistó a la flor, y mi alma sonreída movió a mi corazón, para que se aplicara a aprender la lección.

El Iluminado echó una que otras miradas al derredor, y descubrió a los niños de la fundación que jugaban cantando una canción, pero lo que él percibió fue el futuro de Halcón, sin embargo, no le comentó nada, en relación a eso, pero agregó:

-----: La conciencia existencial de la tierra, data aproximadamente de 4 mil quinientos millones de años; los Dioses vivían en la constelación de sirio y por tal razón habían sido iniciados bajo su luz de cinco mil millones de años de antigüedad.

Y bajo aquella constelación existía el entendimiento que ante la luz estelar, todo se tornaba azul, y descendieron a la tierra, y entendieron que debían crear un punto de estadía, y buscaron personas de los reinos más pequeños y la educaron en el valle de los ríos Éufrates y Tigris, dejando al rio madre Nilo como guardián de los Dioses, y bautizaron a aquel lugar con el nombre de Egipto.

Habían constituidos a Ramsés primero, una civilización real, con personas designadas por Dioses, con la definición del corazón y la pureza de la mente, quienes de una vez habían puesto todo en movimiento, otorgando las pautas iniciales al pueblo de Israel; cuyos integrantes en ese entonces, según los dictámenes de mi ser, que por mi espíritu me nominó la condición de Iluminado; eran personas del desierto, asaltantes que jugaban al mejor postor apoderándose de lo que era de otros.

Fueron aquellos iniciados y entrenados en las normas y modales, haciendo conciencia del hierofante, y queriendo conocer más sobre el fabuloso mago de la sala de los gigantes, quienes quisieron acezar a los conocimientos del orden de mayor altura, y encontrando que se le había prohibido acezar a tales tesoros, sintieron un deseo de rebelión, pero limitado en la fuerza y el contexto, suplicaron protección a Jehová; quien según las crónicas de ese entonces, le había puesto como condición, de que "para ello tendrían que darle a beber la sangre del primer y del último hijo".

En ese entonces los ejércitos de Egipto, no eran combativos, más bien las personas eran santas, Cosmopolitan y divinas, es decir, eran un grupo de Dioses que habían elegidos encarnar como seres humanos, que habían perdido la noción de sí mismos y gradualmente, muchos de ellos amaban a Yahvé, pero no conocían su nombre, se regían por un código llamado faraón, que de hecho era una ley que daba paso a que quienes se iniciaran se convirtieran en la materialización de esa ley, por lo que el faraón, solo administraba la ley de los Dioses que dominaban, era una ley de disciplina, un concepto de gobernante, y la materialización de la ley, le daba el poder; o sea, el faraón era la ley de la estrella sirio.

Habían construidos las pirámides, como los templos de Ramsés, y habían usados para su construcción la sustancias del polvo santo, llamado materia primigenia.

En esa época, los Dioses tenían sus bases en marte y en la luna, de donde extendían la asesoría y vigilaban la evolución de la humanidad, y sólo volaron y abandonaron esos planetas, después que habían preparados en la tierra, una norma de sociedad y civilización coherente e inteligente.

Pero los que habían quedado con la responsabilidad de evolucionar y materializarse en el programa de encarnación como seres humanos, poco a poco se iban sumergiendo e iban perdiendo los poderes como nuevas creaciones, debido a que dieron paso a otra creación llamada temor, que los fue invadiendo, siendo imbuido en la necesidad de supervivencia, olvidándose gradualmente de su divinidad.

Se habían generados algunos combates entre Jehová, Yahvé e Id, viéndose estos dos últimos precisados a dejarle el control del planeta al primero.

-----¿Dice al primero?--- Preguntó Halcón.

-----: Hablo de Jehová, quien desde el momento en que había logrado la soberanía de la tierra, convocó a los escribas y profetas para que anotaran sus palabras, que incluían la creación de la enemistad entre la mujer y el hombre, la esposa y el esposo, los hijos y los padres, las amenazas y la muerte, por lo que entidades como yo, el Iluminado, he llegado a pensar que la religión a partir de ese momento se había tornado en debilitante, debido a que " cuando se adora a un Dios que infunde temor en sus adeptos, toda acción desde la adoración se convierte en prisión".

De cualquier manera esos pergaminos que produjeron los escribas con las palabras del señor Dios Jehová, es lo que hoy conocemos como la biblia. ---- Puntualizó el Iluminado.

CAPÍTULO

TERNURA

Hoy contemplo la intención, de hacer un mundo mejor, donde se encuentre una flor, como antorcha y devoción, que reflejando el amor, nos eleve el corazón.

El esfuerzo reivindica, el corazón guarda amor, y el alma muestra pasión.

Dios es memoria del alma, que lo que acontece guarda, para corregir desmanes, que forjarán el carácter.

Hermosa expresión, copla deslumbrante de mi corazón, ritmo deleitante que induce al amor

Graciosa ilusión genera el amor, ternura del tiempo que atrae el silencio.

Gracia generada en el alma mía, que otorga a la vida, la grata armonía.

Antes de las religiones, los Dioses habían llegados como impulsados por la brisa, al atrio de las constantes, para seguir evolucionando hacia los planos inferiores.

Soplaron su fervor sobre las profundidades, y crearon el agua cristalina, y soplaron su aliento dando vida a sus plantas y animales, y a todas las formas creadas que necesitaban nutrirse.

Tras la creación del sistema solar, con todos sus planetas, los Dioses descendieron a la tierra que era para ellos la esmeralda.

Y entonaron al unísono:

¡Tierna y hermosa emoción, motiva mi corazón, qué grato y bello esplendor, es la oferta del señor, la perfecta paz de Dios, no tiene comparación!

--- Algo arrepentido, de no estar contigo, corrí tras las huellas, que sembró el destino, vi que desertaste, y me sentí perdido, pero al despertar, volví a mis sentidos, era sólo un sueño que yo había tenido.

CAPÍTULO

SUPRESIÓN

¡Cada uno y cada cual, tiene una marca fatal, que quisiéramos borrar.

El tiempo ha de sepultar, lo que nos hace delirar, es mejor dejar pasar, y ser feliz por igual!

Yo estaba muy deleitado, principalmente, cuando surgieron las diversificaciones experimentales, los Dioses seguían ocupándoos sus creaciones a través de las cuales interactuaban sin que se distinguiera lo malo de lo bueno, todo lo acontecido se convertía en experiencias, que al parecer del agrado de quienes la generaban, continuaban repitiéndolas como un hábito.

Se hicieron competidores, carentes de seguridad, y necesitaron someterse al escrutinio de alguien, que lo aprobara, y muchos se acusaban entre ellos de amanerados, sin tener forma de comprobarlo.

El Iluminado me había enterado, de qué manera acontecieron los hechos en la era del antiguo testamento, de cómo Jehová Dios, se paseaba en sus carruajes de fuego, y los mecanismos a que se recurría para que una nube se posara de día sobre el arca de la alianza, y cómo un fuego intenso lo alumbraba de noche.

Sabía que la fe en el plano de la tierra era la manifestación del poder natural del ser.

Pero también él sabía cómo le fueron reclamadas las acciones perversas del libre albedrio, a los sodomitas, que no conforme con ser crossover, quisieron imponer las condiciones de sus pederastias, de una radical manera que hasta intentaron ejercer su perversión contra enviados, que se mostraron como ángeles, y a quienes vieron como objetos de la carne.

Antes tales vejámenes, se había visto jehová precisado a autorizar la destrucción de Sodoma y Gomorra, como ejemplo regenerativo a las futuras generaciones; por lo que los efectos de tal acción había producido sobre el espacio de aquellas ciudades, terribles lenguas de fuego, que emanadas de la nave parqueada sobre el espacio de su geografía, habían borrado de aquel suelo, a los perversos del contexto., al tiempo de cristalizar a los débiles de espíritu, por lo que reafirmó a los que siempre creyeron por ser la fe, la certeza de lo que se espera, y la convicción de lo que no se ve, porque por ella alcanzaron buen testimonio los antiguos.

No obstante, antes los ojos físicos, esas destrucciones parecían malas, pero desde la óptica del espíritu, aquella era la graduación de aquella generación, que tenía que pasar a algo mejor, en otra vida, después de la vida, aguardando el tiempo de asignaciones o selecciones, en un nuevo ejercicio existencial, en una nueva encarnación .!!!

"Por la fe Enoc fue traspuesto para no ver su muerte". Hebreo 11:1,2,5.

LA POSTRACIÓN

Glorificado estamos en la bondad,
de esa felicidad que trae la paz.
Hoy siento el palpitar del corazón,
y una fuerza que induce a mi pasión.
Es que el futuro es hoy.
Mi plena comprensión, me induce a reflexión.
Y, elevo el corazón, pletórico de amor.

En realidad, en su gerontología, aquella generación había llegado a un grado de perversión, que ameritaba una flebotomía (i) psicosocial, que era como abrir una vena para dejar que la sangre "impura saliera del cuerpo, como una medida terapéutica. (¡!)Del griego flebo- vena, y tomo, cortar)

Desde la óptica del Dios Jehová, aquellas medidas vendrían a ser, una pauta preservativa de las leyes divinas que señalaba los diez mandamientos, para que no se excedieran o mal usaran, las acciones del libre albedrio, que a la larga vendrían a dilatar el avance de la humanidad, hacia la meta de la verdad, porque cada gesto fuera de la verdad, conducía al terror, y el terror lo cristalizaba, como a la mujer de Lot, que a sabiendas que no debía mirar hacia atrás, mientras escapaban de Sodoma, miró y se cristalizó.[5]

---- Ellos perecerán, más tú permaneces; y todos ellos se envejecerán como una vestidura, serán mudados; pero tú eres el mismo, y tus años no acabarán.--- Expresó Dios.

Este acontecimiento, sería una referencia histórica para que los nonatos, se condujeran en las generaciones posteriores.

Halcón Emanuel desde esa primera vez de su estadía en la tierra, había aprendido a amar la justicia y a despreciar la maldad, por lo que había grabado esa experiencia en su alma de Dios, quedando ungido con el óleo de la alegría, que había sido la mejor experiencia, que conduciría a la felicidad.

Rous brillit, que en ese tiempo había fungido como su vientre inicial, se había generado como su alma gemela, y en esta nueva transición por la tierra ella había sido asignada como la mujer de su vida, por lo que se esperaba que en cualquier momento ocupara la escena de su trayectoria en esta nueva existencia terrenal.

Se esperaba una fuerte oposición antes de la consagración con el intercesor; pero él entendía que "no había más ciego que el que no quería ver"; y era que el plan de aquel encuentro, se había decidido en el plano sublime, por lo que nadie podría impedir lo que tuviera que ser.

Rous brillit, también estaba en la tierra por segunda vez; la primera databa de los tiempos mitológicos, cuando los Dioses habían desplegados sus grandes experimentos, y se habían integrados con mayor valentía dentro de sus creaciones para experimentarlas; en ese entonces, moraba el politeísmo, donde se adoraban distintas divinidades, y donde los Dioses competían por la hegemonía.

En la época a la que nos referimos, existió en la tierra una entidad que habitaba en una cueva y se hacía llamar el Dios Drago, era una entidad con la capacidad de quemar los bosques con las llamas de sus flamas, y los moradores de la región donde aquel habitaba, atemorizados,

---

5   se refiere a que después de un ser humano haber recorrido un camino, no necesita reiteración, ya que retroceder en la experiencia, es cristalizarse o estancarse.

solían hacerle sacrificios con la inmolación de humano, a cambio de que él no le quemara las cosechas, seleccionando cada año a la más hermosa doncella de la región, y en el año de la oscuridad, donde un eclipse solar erradicó la luz del planeta, durante tres días; aprovechando tan temible ocasión, se había sacrificado al Dios Drago, una de las más hermosas de las víctimas; en ese entonces, se trataba de Rous Brillit, que había sido ofrendada por la fuerza, ella percibió al instante la fuerza del espíritu y descubrió quien era y entre sollozos, juró que volvería a la tierra a implantar justicia; habían pasados muchas generaciones desde entonces, hasta que ella había escogido estar presente en la era actual donde interactuaría en su misión de liberación, junto al intercesor.

Desde que Jehová se constituyó en el Dios soberano, que disfrutaba del libre albedrío, las religiones en el planeta tierra, se habían concentrado en el monoteísmo, y aunque existían algunos residuos del politeísmo, que de hecho no pasaban de ser sectas de grupúsculos reducidos que operaban secretamente, la fuerza del monoteísmo había dado lugar a que Jehová se convirtiera en Dios de Dioses, porque todos los Dioses que habían quedados atrapados en sus propias creaciones, y se habían apoyado en él; se vieron inclinados a adherirse a la causa de su propósito.

Buscó Jehová la línea genética de Abraham, convirtiéndolo en una multitud, un pueblo elegido con un marcado propósito: reproducirse y ser; de manera que los Dioses de las pléyades llegaron a creer que "el pueblo elegido por Jehová, era una especie de arma contra las otras razas".

Después de todo, los únicos restos del ejército de Yahvé, fueron los Dioses materializados originales, que no habían sido esclavizados, ni habían perdido su humanidad, por la supervivencia y el temor a la muerte.

Estos Dioses en el número de trece incluido Yahvé, Id y yo, el Iluminado, pasamos a integrar la gran hermandad blanca, habitando en las Pléyades y en algunos puntos de referencias fundamentales de la tierra.----Afirmó, el Iluminado.

-----: ¿Y cómo se llegó al punto de concepción que se percibe hoy?---- Cuestionó Halcón Emanuel.

-----: Somos Dioses, o seres materializados, sin embargo por el amor y la misericordia que emana de la conciencia del padre, punto cero o el vacío, que originó la creación de los espíritus y su naturaleza eterna, de donde también había nacido Jehová, que en palabras de algunos Dioses de las Pléyades, "se había adjudicado el lugar de punto cero y el vacío".

Durante eones el concilio de los trece había observado el reinado de Jehová, y permitió que continuara sin interrupción, Jehová decidió participar para modificar la situación, fue cuando se legisló en los cielos para enviar a Joshua Ben Joseph, conocido en la tierra como Jesús el cristo.

De esa forma una vez definido el concepto, de humanidad, donde los Dioses habían experimentados, viendo que era bueno, se ejerció el socialismo primitivo poniendo todo lo creado en la limitación, donde usufructuarían, con plena participación de hombres y animales, que habían sido creaciones habitadas por los Dioses, por lo que había una participación plena de la naturaleza, que permitía que se generara todo lo necesario para las condiciones existenciales de la humanidad, y aunque en la tierra no todo lo pensado o ideado surgía por antonomasia como sucedía en los de más planos, la fuerza del equipo facilitaba la producción para el consumo mutuo; e inclusive muchas veces había inmunidad, contra la inclemencia del tiempo.

El archivo del alma, definió el ADN, donde toda carga de experiencias, conocimientos, sabidurías y vivencias universales, se registrarían para siempre, y aquellos que habían optados permanecer en la esmeralda, por haber olvidados sus orígenes; se le subministraría el plan natural para su permanencia y sobrevivencia en el plano de la tierra.----- Afirmó el iluminado.

CAPÍTULO

PRESENCIA

Yo vi llegar a conciencia y energía, planteando la absoluta libre voluntad, que establecería el libre albedrío o libertad de elección, para que en la limitación del plano, el cuerpo fuera el duplicado de los siete reino, que a su vez, abrigaría al espíritu, que clamaría a Dios se hiciera su voluntad, en los cielos como en la tierra, con la interacción del espíritu santo, que vendría a conocerse como tal, en el plano terrenal, poco después de la llegada de Jesús, pero a pesar de la iniciación que traía adherida a mi alma, la orientación del Iluminado, vendría a ser de gran utilidad, en el propósito de mi asignación, y fue por ello que insistí en que aquel, continuara expandiendo mi conocimiento, yo era un abanderado de la sabiduría y mientras más me adentraba, mayor se iba haciendo la información de la liberación, y me decía: --- En mi limitación, me creo habilidoso, sin ser un hombre sabio, no me creo malicioso.

Seguía el iluminado adentrado en sus enseñanzas y decía: --- Excelente aseveración, divina y tierna es la salvación, siendo la fe su reiteración, la involución es la jornada que produjo los siete planos de existencia, y la evolución es la razón de la recordación de esa pauta inicial de la creación y del regreso a la unidad de punto cero, y el vacío, con el tesoro acumulado en el ejercicio de experimentar todo, lo que en la limitación y la ignorancia es pecado, y en la libertad, sabiduría.

Habían transcurridos eones, desde que el hombre había asumido la posesión de la tierra, el ejercicio de las diversas vivencias enriquecían la evolución de todo lo creado.

Entonces Halcón Emanuel, en su rol de intercesor, que con esmerada atención insistía en cuestionarme, me preguntó:

---- ¿Cómo fue eso de la evolución y por qué si fue creación se habla de evolución?---- Cuestionó

Entonces muy presto le respondí:

---- En el periodo de mitología, oscuridad y politeísmo, antes de que las religiones monoteístas se impusieran, habían prevalecidos, los reinos de la fauna o animales, y el reino de la flora o plantas y vegetales, que eran la corona del mundo, esa etapa primaria de las plantas, y los animales, fue precedida por la creación del hombre, y la aparición en la esfera llamada atrio de las constantes de los grandes Dioses, que habían seguido al viento para seguir evolucionando hacia los planos inferiores, donde intercambiarían en la creatividad medio ambiental, y donde crearían el agua cristalina, y donde se dividiría el viento para formar los puntos cardinales que facilitaría la trayectoria del grupo que seguiría su descenso al plano de terra para contribuir a desarrollar el espíritu humano, mientras otro grupo permanecía en el atrio de las constantes para desde allí seguir la trayectoria de sus congéneres que habían caído como copos de nieves en los distintos puntos cardinales, bajando la frecuencia de su yo, y al mismo tiempo la frecuencia del pensamiento luz.

En ese instante, una heterogeneidad besó la faz del mundo, el intercesor y yo estábamos extasiados, la naturaleza nos mostró el colmillo de su esencia, y rasgó el cielo, en un estruendoso crujido, una dicotomía entre violencia y paz, sentaría la base del desafío teológico del ser.

Se había roto el velo que restablecería el curso de las aguas y el mundo tendría otra mirada.

Aquellos seres se ensombrecieron tornándose en masas adaptadas a los distintos contextos de la geografía del globo, armonizándose con el medio ambiente y asumiendo la forma climática de cada región, y cada uno asumió distintos aspectos de su forma y sus pieles se diversificaron.

El padre por su parte, permitió en cada acción de la creación, la consumación de su espíritu y su ser, para que se transmitiera el propósito del ser para que se aprendiera enseñando y los Dioses se hicieran los maestros del plano terrenal.

Pues así, el heroico arribo de tales entidades, se quedaría grabado en la conciencia de las generaciones, las que después nominarían tal acontecimiento, como la llegada de los ángeles caídos, pero que al mismo tiempo la presencia de aquellos, generarían, la diversidad racial.

Se habían tornado en cinco razas diferentes, sincronizadas por la condición de su medio ambiente.

Se constituyeron cinco, razas con pieles y aspectos diferentes como, blanca, roja, amarilla, negra y verde, que habían sido generadas por el contenido mineral y el medio ambiente de las diferentes regiones de la tierra, dando lugar a que cada uno se reprodujera pasando el gene generador de su condición a su linaje, en la reproducción de los distintos grupos, obedeciendo cada patrón referencial, a las distintas condición etnográficas, de los grupos raciales.

La raza roja surgió y prevaleció, en los tiempos de la Atlántida, la amarilla se había generado en Lemurias, y la raza verde aún habita en el subsuelo o el interior de la tierra.

Cuando el sol precipitaba sus propulsores de luz en el estrato, rebotando sobre la planicie, sus reflejos formaban el color, con su pasión, su ira, y el impulso hacia la destrucción definiendo en verdad, la naturaleza de su ser en la acción y el dolor.

Seguido de la introducción del hombre evolucionado, entre los que estaban el intercesor, que aunque era de las primeras creaciones, nunca había sido animal.

LA IDENTIDAD

Volando sobre las nubes, se deslumbró al renacer, y se quejaba por cierto, de los grandes contratiempos, de quienes quieren a espuelas, y su amor, nada remedia, y tocó a mi corazón la palabra del señor.

Motivado le expresé:

Si esa concepción promueve, yo te amo como quieres, y mi amor es el mejor, y no encierra confusión, dice Dios nuestro señor.

Porque el padre redefine el camino, para que al transitar tú te encuentres conmigo, pues la virtud que nos aportó la luz, la guardas tú.

Te he buscado en los cielos y en los mares, y por toda mi vida, tu ha sido mi guarida!

Eres un alma nacida, que ha llegado a este mundo, a reforzar mi vida.

Te pienso y te preservo, como lo indicó Dios.

Pues el propósito ya él lo definió, y en la misión de la liberación, él nos escogió a los dos.

Dejándonos la chispa del amor, para glorificarse en nuestra acción.

El trayecto de la vida es la existencia, cada, cual trae asignada su condición y su lugar, por lo que no sería correcto, pretender forzar a la naturaleza, nada es casual, y siempre será, lo que está llamado a ser.

"Alegraos profundamente, hermanos míos, cuando os sintáis cercados por todas clases de dificultades, es señal de que vuestra fe al pasar por el crisol de la prueba, está dando fruto de perseverancia"

Santiago: 1-2-3

Una vez, definida la llegada a la tierra, se hacía necesario crear un mecanismo que mantuviera al hombre dentro de su ejercicio evolutivo y se escoge a una entidad que se conocería como Adam, que sería el simbolismo en la tierra de lo que era la creación del primer hombre, precedido por Lilith, la primera mujer de Adam, y que en realidad sería la primera que aparecería como ente maléfico que abandona el paraíso, y se manifiesta como aire, aliento y espíritu, interpretada en génesis :1:27 y en el Yalqut Reubeni, que confundía el nombre de Yahveh con el de Jehová, y en cuyos comentarios acerca del pentateuco, explicaba que antes de Eva, existió Lilith, que había sido creada del mismo modo que habían formado a Adam, con la diferencia que en vez de polvo puro, se había utilizado excremento y sedimentos, para la creación de Lilith, que vendría a ser el primer demonio hembra, respaldada por otra de su estirpe llamada naamá, cuya unión con Adam generarían a Asmodeo e innumerables demonios más, que aún atormentaban a la humanidad.

El caso era que Adam y Lilith, desde el primer momento carecieron de armonía y cuando acordaban el acto sexual, Lilith se sentía ofendida por la postura acostada que él le requería:

---- << ¿Por qué, he de acostarme debajo de ti?--- Replicaba—Yo también fui hecha con polvo, y por lo tanto, soy tu igual>>.

Cuenta la mitología que Adam había tratado de hacer que Lilith obedeciera, y ella, envuelta en cólera pronunció el nombre secreto de Dios, y elevándose por los aires lo abandonó, y al salir del edén fue a parar al Mar Rojo, donde habitaban otros tantos demonios, y donde se entregó a la lujuria con estos, dando a luz a los Lilim, o seres cubierto de pelos.

Tres ángeles del señor buscaron la manera de persuadirla para que regresara, pero ella se negó, aduciendo a que era una pecadora.

Su negación generó el desafío y los ángeles como castigo le mataron cien hijos por día.

Este acontecimiento se tornó especulante, dando pie a que las tradiciones Judías medievales sostuvieran que Lilith, la pelirroja de cabellos largos, asesinaba a todos los niños incircuncisos menores de ocho días; y que no bastándole haber experimentado todos sus antojos libertinos sin rescato, un día se encontró con Samael, a quien posteriormente llamaban satanás, y que al descender a los infiernos, allí fueron pareja.

como se había descrito y de acuerdo a lo expuesto, se deberá entender qué era el jardín del edén, para dar paso a la aparición de Eva quien junto a Adam, ejercería la condición de la limitación, la etapa donde el niño seria mantenido bajo las directrices de su padre, pero que una vez que conociera el secreto del árbol de la ciencia y de la vida, que significaba el semis despertar, donde los hijos comenzarían a experimentar de todo y por lo mismo tendrían que hacerse responsables de trabajar para sostenerse, todo por la curiosidad llamada pecado, de querer saber, qué había más allá del paraíso, donde frente al reclamo de su padre, Adam había culpado a Eva su mujer, la cual a su vez, culpa a la serpiente, a quien le toca pagar los platos rotos en la historia mitológica de la religión monoteísta, y quienes fuera del simbolismo estarían representando a aquellos rectilíneos, quienes en la posteridad, habitarían el subsuelo o el subterráneo terrenal.

Siendo los errores de estos primeros padres, desde la óptica de la religión, los responsables, de que todos los hombres pagaran tributos como súbditos del reino, por la gravedad del pecado "original" con el que Adam Y Eva, entregaban a todos.

Como habrá de notarse, desde el mismo momento en que se ordena el caos universal, se inicia la condensación de los pensamientos en materia, generándose fuerzas energéticas potenciales, que alcanzan un equilibrio balanceado donde una se hace dependiente de la otra, de donde surge la lucha de lo contrario, definido en el bien y el mal, coexistiendo a un mismo tiempo en un espacio físico de condicionantes metafísicos en lo subliminal del espíritu, facultando al hombre a mostrar en un libre albedrio, la capacidad de su raciocinio de distinguir, separar, auto controlarse y controlar, entendiendo, que todas las energías, obedecen a una función y a una representación propia de la opción de selección u asignación en el ejercicio existencial, desde que punto cero acciona, mostrando su inteligencia primigenia, en el reforzamiento dado por las experiencias.

Habían pasados eones de sobrevivencia en la individualidad del hombre antes que las religiones definieran su destino, habían atravesados por el proceso de la mitología existencial donde doce Dioses principales regían a la humanidad desde las alturas del olimpo, a saber: Zeus, que en roma le llamaban júpiter, cuyo atributos son: el águila, el rayo y el cetro, desde la óptica de la mitología romana y griega, había sido padre de todos los Dioses, como de los hombres.

Luego le seguía Hera, que hacia el papel de esposa de Zeus, y en la mitología griega, y en la mitología romana se llamaba junos Diosa del matrimonio y reina de los Dioses, y por los de más seguían Hefestos, Atenea, Apolo, Artemisa, Ares, Afrodita, Hestia, Hermes, Deméter y Poseidón, entre otros, eran deidades que integraban el politeísmo en la Grecia antigua, e imponían la causa a cada pauta de la ignorancia, de manera que mientras algunos de los Dioses actuaban en grupo para dar a conocer lo desconocido, no faltaron otros que quisieran imponer su condición desde una óptica individualizada, de todos modos antes de que se definiera el camino que habría de transitar el destino de la humanidad, los Dioses poblaron el plano de la tierra donde los horrorosos y gigantescos monstruos, se alimentaban de los más pequeños.

EVOLUCIÓN EN LA CREACIÓN

Desde ese renglón se había asumido que todo lo generado seria el resultado de que el gran sol, hubiese esparcido la partícula X como el primer pensamiento manifestado, que había sido disminuido y cautivado durante un tiempo interminable, dando la vida a la totalidad de nuestro universo, y al mismo tiempo, reduciendo el electro para crear materia gaseosa.

El proceso de creación vendría a generar al mismo tiempo, la primera ciencia astronómica, que justificaría las acciones de los Dioses, ella fue la mecánica cuántica que a su vez explicaría la esplendorosa manifestación del ser, como partículas de luz.

Seguían transcurriendo eones en los que los Dioses ensayarían diversidades de vidas, desde esos tiempos mitológicos en que aparecieron como dragones, como Dinosaurios, como entidades misteriosas como magos, maestros, tribus exotéricas, entre otras.

La humanidad había sentado el precedente de la interrupción, debido a que todo espíritu que encarnara como humano, olvidaría la trayectoria de otras vidas, mientras se mantuviera en esa condición en la tierra.

Después de la creación del sistema solar, los Dioses habían llegado a la tierra, de eso hacía unos 455,000 años, precisamente, cuando ya había aparecido el hombre moderno, de cro- magnon, donde se produjo una manipulación genética de la humanidad, por una raza de seres más avanzados a quienes le llamaban los Anunnaki, quienes traían la capacidad de cambiar la naturaleza misma de la humanidad cruzando su ADN con el ADN del Homo erectus y recurriendo a una tecnología de ingeniería genética de control y transferencia de un organismo a otro, habían alterado los genotipos, creando unas nuevas cepas {microorganismos,} que influyeron en las variedades de plantas, razas, y {animales}.

En ese entonces había sido reproducido el fenotipo de la raza negra con mayor resistencia, a quienes habían determinados usar como mano de obra esclava, para sustraer oro que se usaría para el equilibrio cósmico de su planeta de origen.

Interesado el intercesor en saber sobre el lugar donde habría de llegar, no cesaba de cuestionarme y me dijo:

Intercesor: ----- Háblame más de Jehová.

Opté por responderle con mayor claridad:

Iluminado: ---- Jehová es el Dios del rayo, su naturaleza es de guerrero, el controla a los ejércitos, el mueve multitudes, lo que te transmito mientras aguarda en el vientre de tu madre es un recordatorio temprano, que por tu naturaleza, no sé si te servirá de mucho en tu misión.--- Le advertí.

Después de otros tantos eventos donde había caído la Atlántida, que a su vez indujo la emigración de otros tantos de los que habitaban al planeta en ese entonces, hacia el centro de la tierra, apareció la ola de superstición religiosa y Jehová había llegado al medio oriente fundando al pueblo de Israel, y había impuesto la religión monoteísta, donde se requería la adoración de un sólo Dios, y donde las mujeres quedarían atadas al yugo del hombre. Génesis 3: 16, 17, 18.

LA FLOR DEL AMOR:

LIBRO SEXTO

Desde el fondo de mi alma, siento la calma, eres ser de mí ser, soy tu querer, soy la naturaleza de tu belleza, y lo interno de ti, lo llevo en mí. Partícula del ser, que hace de tu existencia mi renacer, tornando en el amor, un nuevo amanecer.

En esa idiosincrasia del querer, trae la naturaleza su saber, y por cada accionar, su belleza llega a deleitar, y mi corazón, que aspira en tu flor, siente admiración!

Yo, buscaré el motivo del profundo deleite en tu abrigo, plasmando tu mirar en cada, despertar.

Me alegra tu sonrisa, esa que nace de tus labios tiernos, celebrando el concierto, del silencio, que emana de tu rostro sereno.

En el consuelo de tu despertar, me veo brillar, y manifiesto tu razón de amar.

Entre ternura besos y alegría, tu corazón dispuesto, me induce cada día, a envolverme, en la gloria, de tu gran melodía, transmitiendo a mi alma, una gran sinfonía.

No acostumbro a hablar de nadie, pero una fuerza mayor me induce a describir lo que vieron mis ojos en aquel taciturno amanecer; aconteció que Dios optó por transformar la tierra, liberándola de las penurias y miserias que atravesaba, porque la ignorancia y la maldad, poblaba la extensión terrenal...

Extasiado y cubierto por la sombra de una humildad, yacía el portentoso espectro de aquella mole humana, esperando ser bendecido para partir, tras de aquellos que salieron primero.

El intercesor había iniciado su trámite de llegada a la tierra una noche veraniega donde los recién casados Lumy y Elizondo

Raquili celebraban su primer mes de feliz unión matrimonial, luego que el consejo divisional del universo encabezado por el padre celestial en la esencia fraccionada de Dios, había decidido escogerlo como el enviado en el propósito de la misericordiosa bondad del señor para su interacción en esos últimos tiempos de la era apocalíptica.

Elizondo Raquili, marinero, parrandero y peleonero, que además manejaba el cuchillo como un sable, acababa de abandonar la armada de su nación, unos años después de que la dictadura de sus días, lo había enrolado en el servicio militar obligatorio, en la armada de los ranas.

Para ese entonces, era joven aun, con apena 22, escasos añitos y a los treinta y uno, había pedido ser dado de baja

En sus años de marinero se había entendido con Janina Robert, una inmigrante de la nación del águila, cuya familia había sido acogida por la dictadura del jefe.

Y a su vez, había cultivado Elizondo Raquili una grata amistad con Eulalia Terenchica, criolla con raíces cubana, voluminosa y divertida, siempre presta a mover el esqueleto, y quien se había destacado como una predilecta compañera de baile de aquel, en tiempo de los festivales de 72 horas, que para ese entonces, organizaba el jefe en la fragata mella, la más grande de la armada anfibio, en la nación del folklore.

Eran tres días y tres noches sin dormir, el premio principal eran quinientos pesos cuando el dinero tenía un valor real, el segundo trescientos, que era como decir 20 mil, 15 mil y diez mil de los de ahora.

Entonces después de tanta diversión habíase cansado Elizondo Raquili de aquella vida bohemia que generaban esos festivales, donde el ganador era el que más resistiera, el que quedara en pie, donde se destacaba Elizondo Raquili, campeón promovido por su fama, y atraído por las damas, al grado de exasperar los sentimientos de Janina, que observaba cómo aquel se acomodaba, en los pechos de Eulalia Terenchica, al momento de turnarse en el descanso del festival, que consistía en que ella lo sostenía y vigilaba, al tiempo que se movía junto a él, mientras el, descansaba, logrando permanecer intacto cuando los de más se derrumbaban.

De todos modos su destino como el de todos, venia marcado, faltaban aún dos mese para darse de baja en la marina, cuando el rana, ya no tenía a su amada, del puerto Janina se alejó, y al centro de lejanos mares, naufragó.

Sentíase Elizondo alejado de aquella presencia, como un prisionero, que huía del azote del mar, cuando la baja pasó a reclamar.

Partió Elizondo de la capital, y a la provincia fue a experimentar>

Y tomó posesión de una herencia, y de anfibio pasó a agricultor, respetado, querido y solidario.

Tal actitud, le granjeó el favor de los parroquianos, y tal fama le construyó morada en el alma de una nueva amada.

Había decidido retirarse a cultivar la tierra, había participado en más de tres festivales de bailes para alegrar al jefe, a quien apodaban el "chivo" un dictador que gobernó por más de 30 años en la nación del folklore una área del mundo, de radiante y verde colorido.

Elizondo, además de marinero, fue agricultor, zapatero, comerciante y guardaespaldas; pero sobre todo, peleador.

Un peleador respetado en la región, al grado que fueron muchos los hombres que guardaban silencio al escuchar su nombre, y los pocos que se le enfrentaron, quedaron marcados y sin deseos de contarlo.

Al salir del servicio militar, Elizondo se vendía como un don Juan, a pesar de seguir afectado de un romance que desequilibró su condición, hasta que Lumy llegó y lo reconstruyó.

Lumy, no era una capitalina, pero aun así, se distinguía sobre todo, por sus costumbres extranjeras, la había adquirido de una familia de Turquía que por más de dos décadas habitó en la región, él la vio que hacía de chaperona, de una de las hijas de los turcos, y mientras la turca veía a su enamorado, lumy extasiada en una de las barandas de la glorieta, contemplaba las flores que adornaban el parque, en medio de la brillantez de un glorioso verano.

Lumy, con 17 años en ese entonces, era una joven ingenua, y sintióse elucubrada por unos ojos extraños y preguntó con determinación:

----- ¿Acaso perdió alguna como yo? O le he dado permiso para que usted me mire?---- Cuestionó.

Elizondo que no se fijó cuando ella lo observó, un poco sorprendido se deslumbró, y un algo entorpecido le respondió:

---- Si pudiera perdonar la señorita mi indiscreción, sería suficiente motivación, para sin ataduras hablarle de mi amor.

Lumy, que era primeriza en el quehacer, al sentirse envestida como por una fiera, se quiso proteger:

--- ¿Qué pretende insinuar el fuereño?---Cuestionó, Lumy.

Más él, entorpecido, motivó sus sentidos y le dijo:

---- ¡Oh! Es usted el calmante de un dolor, que generó la ausencia de un amor, y si me quisiera, sería la medicina que calme el desamor, y yo sería el lucero de su sendero.

Lumy, sin encontrar palabra que refutara tal descarga, con ataque de nervio le sonrió.

Elizondo, un consagrado y experimentado veterano, sin inmutarse una nueva descarga le soltó, tan fuerte fue, que su amada al instante, flaqueó y se desmayó, en sus brazos él la levantó, y en un banco del parque la alojó, y sin decir más nada volvió y la contempló, desde ese mismo instante el descubrió, que estaba extasiado y deslumbrado, con la belleza de aquella adolescente, e ipso facto descubrió, que ella sería la sustituta de Janine, Lumy, sería la estrella que lo alumbraría, por el resto de sus días.

Para ese entonces, Elizondo tenía 31 años y Lumy 17, realmente había una gran distancia en el camino, pero todos los días el entendía, que la edad del corazón, nunca sería un obstáculo que le impidiera amar.

Unos meses después, y contra la voluntad de su padre, la hizo su mujer por unión libre, y solo le habló de matrimonio, cuarenta años después, cuando habían procreados un ejército de hijos, entre los que se encontraba. Halcón Emanuel, El intercesor; ellos habían sido escogidos como padres terrenales del libertador, tal y como lo fueron María Y José al recibir a Jesucristo.

Halcón Emanuel se distinguía de los otros hombres del mundo, por lo que entendía que las ambiciones del hombre se fundamentaban en tres factores primordiales, que eran dinero, poder y sexo.

Todos se concentraban en alcanzarlos en el ejercicio de su cotidianidad, y para ello recurrían a las más ingratas bajezas del libre albedrío, y era que el dinero atraía el poder, el poder generaba control y satisfacción, y el sexo, deseo, pasión, confusión con amor, y vida dentro de otra vida.

Halcón Emanuel, fue amante pasajero de rameras, asediado por travesti, y expuesto a todas las pruebas del mundo antes de ser enterado de su misión, de intercesor, pues a lo largo de su existencia había transitado por camino de peligro, pero siempre, resguardado; esa luz invisible lo seguía a donde se movía, con el gran esplendor de magna protección.

Fue un consagrado líder cultural desde la primaria, la escuela superior y la Universidad.

Durante esos años primario de su existencia terrenal, nunca se vio arrastrado por causa religiosa, aunque durante su niñez, el miró feligreses y beatos desplazarse con el canto en la boca, que aludía a un líder religioso de ese entonces, a quien llamaban Liborio, y esas largas filas de caminantes que ofrendaban promesas en el nombre de Dios, y aludiendo a Liborio, se enmarcaban en trayectorias procesionales que iban de ciudad en ciudad, frecuentemente acarreando a la imagen de la virgen María, la madre que había guardado en su vientre la encarnación de Jesús; para ese entonces, él tendría la edad de cinco años, porque después de haber iniciado la escuela primaria, él había sido improvisado como monaguillo, en una de las extensiones de la iglesia católica, siempre sin una certeza definida de eso que estaba llamado a hacer, y cuando tenía que llevar el vino, entregaba el agua bendita y así por el estilo, él había nacido en el propósito, sin embargo, todo lo que tenía que hacer, lo hacía en su naturaleza, lo que tenía que suceder sucedía, sin que nada se planeara, sencillamente la naturaleza accionaba.

Sabía que habían asignaciones que no venían con él, sino que eran creaciones del libre albedrio la ignorancia, y la limitación ; porque él sabía que Dios solo prohibía, lo que la naturaleza impedía, si alguien nacía invalido porque había escogido esa vida de invalidez, era obvio, que ese ser no podría bailar sobre sus pies, pero nadie le impediría celebrar la melodía gesticulando con el rostro o movilizando el pecho; y entendía sin duda alguna, que eran muchas las leyes del hombre que coartaban el desarrollo del ser; y por eso, muchos humanos se movían sin ver, y caminaban adivinando donde plantar el pie.

Ante la necedad solía Halcón expresar: ---- Los lobos, andan en manadas, y los pájaros en Bandadas; los iguales se persiguen, celebran y brindan en sus propósitos.

Con frecuencia creían los esclavos, que los libres debían actuar repitiendo los procedimientos, que los condujeron a ellos a la esclavitud.

Sin embargo, todo evolucionaba en el tiempo, y el significado que hoy es, mañana ya no seria, vendrían las generaciones y otros niños cantarían, y mientras aquellos lo hacían, algo grande fraguarían, muchas vidas pasarían.

Halcón Emanuel, pensaba en Brillit, y mientras lo hacía, se expresaba así: el lobo se confundió, y nunca más te engulló; fue como la caperuza, que a su abuela celebró.-

Fue que nunca pensé ni creí, que algo se tornara en mí, tan digna, tan pura, tan tierna tan dura, sensible, apacible, radiante, gloriosa, invisible, luego comprendí, que Dios te hizo así.

Brillit, estaba extasiada, sorprendida, y maravillada, juraba que antes de aquel día, ella lo había visto en algún lugar.

Se hicieron amigos, esporádicamente solían reunirse, para comer juntos o ir de compras, andar por el parque entre otras decisiones.

CAPÍTULO

GEOGRAFÍA CONTEXTUAL:

Halcón Emanuel, había llegado a la tierra en la nación del folklore, una Isla con un área de 48, 671 kilómetro cuadrado, con un perfil demográfico poblacional de 7,833.000, cuyos recursos naturales eran níquel, bauxita, oro, plata, con huracanes ocasionales; fue la primera colonia europea del nuevo mundo.

Entendía Halcón, que al encarnar, el ser como humano, preservaba el amor que traía al nacer, pero en el libre albedrio tendía a confundirlo con el deseo, ignorando que el deseo no era amor sincero; y tal confusión, agregaba una serie de malos entendidos que agudizaba la carga de la vida asumida, de tal forma que el espíritu se ha visto precisado a un regreso, buscando resolver lo que dejó pendiente en vidas anteriores.

Se había generado el proceso evolutivo de lo que acontecería en la tierra, que contribuiría al despertar de aquellos que aún permanecían dormidos.

Después del agasajo de ternura donde uno y otro se entregaban en una amorosa copulación, se insertó Halcón Emanuel, quien traía asignada la misión de intercesor, por lo que un mes después Lumy se esmeraba en informar a Elizondo, la noticia de que había concebido y estaba en espera.

Desde ese día en que notificó al futuro padre lo acontecido, la alegría de aquel se hizo tan notable que Elizondo buscó el asesoramiento de Mochen la goda, la partera y curandera de ese sector, para que se ocupara de darle seguimiento al embarazo.

Cumplido los nueve meses, lluvias relámpago y truenos, anunciaron la llegada del primogénito del matrimonio, que había llegado al planeta tierra, como hijo del hombre, en la década del 50 durante el siglo XX, 1900 años después de la llegada de Joshua Ben Joseph, alias Jesús, el cristo, quien había asumido el sacrificio para liberar de las ataduras del pecado que promovían las religiones al referirse a las experiencias de la humanidad.

Truenos y relámpagos, en la ternura de una noche oscura, que se aclaraba con la llegada; en un rancho de campo de una isla, al sur del caribe en la era moderna del nuevo mundo.

Lumy adherida a una soga que descolgaba del caballete de la vivienda campestre, pujaba la salida del pequeño, asistida por Mochen la partera contextual, bajo la luz de una husmeadora cuyo reflejo expandido, reproducía la sombra de los presentes.

Al exterior de la puerta, Elizondo, movía se con cierta nerviosidad de un lado a otro.

Mochen insistía con lumy, para que pujara; ella había roto placenta a la 12:00 A.m. del viernes 10 de agosto de aquella década, mientras la tía Regla, continuaba pasándole paño de agua tibia por la frente para apaciguarle el dolor; al tiempo que la hacía morder una ramita de albahaca; buscando concentrarla en el aroma, para facilitarle el parto.

A pesar del frescor del contexto, Lumy sudaba y la tía Regla insistía en calmarla.

Eran las cuatro de la mañana y las estrellas brillaban adheridas al firmamento.

La luna sonreía con su luz, y llenaba de pulcra claridad, aquel contexto, besando la copa de los árboles mientras rediseñaba el panorama.

Las aguas del rio sonador que corría detrás del rancho, se deslizaban suavemente.

La carretera, aquel camino vecinal que administraba la vida del paraje, yacía tímidamente, postrada y silenciosa.

Los grillos no dejaban de crujir, mientras Mochen y Regla insistían en que llegara aquel comisionado de los cielos, hasta que a las cuatro y quince, a la lámpara que humeaba tintineando, se le creció la luz sacando de su mecha una gran llama; un prolongado grito que recorrió el silencio de la noche, anunció la llegada de un nuevo visitante, e ipso facto, comenzó a sacar la cabeza el niño que llegaba, al tiempo que Mochen tirándolo del pecho lo mostraba a los espectadores circunstanciales que ocupaban aquella habitación, y aun pegado al cordón umbilical, lo acabó de retirar de la vagina embadurnado de sangre, lo acomodó a los pies de la madre, envolvió el cordón umbilical entre dos nudos y acabó de separarlo de la placenta, lo levantó por las dos piernitas y le propinó un toquecito suave en los glúteos, motivando al bebé a que emitiera un chillido, y tras el chillido una luz resplandeciente inundó la habitación, y se escuchó un susurro como traído por la brisa placentera que en ese instante se sintió en la habitación, y sonó como una tierna voz que decia:! Si no te besa la luna, seguro te abraza el sol, y el sabor de aquel abrazo, puede que genere amor; que tierna es su gran bondad, el padre la asignó ya!

Lumy, había quedado exhausta, sintió miedo pero el mismo espíritu que emitió la voz, agregó – "no temas, las gracias son tuyas, la gloria es de Dios, y otras bendiciones te las traigo yo"--- El muchacho traía nueve libras en su cuerpo.----- Me deleito en tu semblante, y sonrío con tu mirar.----agregó la voz que susurraba.----- Esa entidad que se encarnó en ti, es el caminante que pasa la puerta que abrió el salvador; él es el libertador; en la naturaleza de la expresión, estaba el libertador, quien conduciría a las masas en su gran liberación ; él les daría comprensión, en torno a un mundo mejor, todos esperarían en él, la acción de liberación.

Mochen y regla que habían estado serena de pronto se arrodillaron y oraron, no de las oraciones tradicionales que la populación sabía ; las dos como coordinadas expresaron palabras que nadie fuera de ellas entendería el significado, se expresaban en el lenguaje de los Dioses, Lumy, no entendía nada.

Y como les decía fue. Halcón, había llegado al planeta, en un apartado lugar del nuevo mundo, aquella parte de la tierra que por eones había sido habitada por Dioses, no obstante, para el hombre del viejo mundo aquel lugar, había sido inexistente, porque habían fijados sus creencias de que la tierra era plana, y en su afán de mantener a la humanidad, de ese entonces sumida en la oscuridad y la ignorancia, nunca intentaban ir más allá, hasta que se llegó el tiempo en que el asignado a encontrarla, la mostrara al mundo, para que se cambiara la mentalidad de la humanidad, en ese aspecto de la limitación.

De todos modos, de lo que sucedió aquel día en aquella habitación las únicas que guardaron la memoria habían sido Mochen y Regla; porque Lumy, que creyó que recordaba algo, finalmente había llegado a la conclusión de que había sido un sueño, y se lo contó a Elizondo como tal; ella lo había olvidado todo.

Mientras esos extraños sucesos se generaban, en aquel lugar para ese entonces, acontecían inexplicables apariciones, el niño recibió grandes regalos incluyendo una cabra blanca llamada Meme, que produciría la leche de su alimentación, y después de los tres años fue apartado, Lumy se mudaría a la ciudad, y el niño quedaría bajo el cuidado de su tía Regla con la supervisión de Mochen, que se convirtió en la madrina.

Regla y Mochen, Diosas partidarias de la paz, habían sido integrante del grupo de Dioses que en los tiempos de la creación, se habían alejados de la beligerancia inicial de los Dioses primigenios que habían contemplado la destrucción de <Malina> y que habían optado encarnar en esa época, para la llegada del intercesor, querían ser ellas quienes lo recibieran en la tierra directamente desde el vientre de Lumy, y así fue; unos años después de la llegada de aquel, Mochen abandonó el plano, y Regla la imitó cuando el intercesor ya era un adolecente.

El intercesor parecía tener una vida normal, sin embargo frecuentemente estaba amenazado por los hostigamientos naturales de su prójimo, lo que él trataba de ignorar se le acercaba.

En sus años escolares él era un gran disertante, era dulce en el trato humano, había ingresado a la escuela a los ocho años, y unos meses después era un recitador de la lectura.

Muchos siglos antes después de la llegada de Jesús la iglesia católica que se había levantado como representante de Dios en la tierra, por conveniencia de intereses, optó por decapitar a grandes hombres de ciencias físicas filosóficas y matemáticas., que aun mantenían encendidas las llamas de la verdad en lo profundo de sus corazones.

Sin embargo, la naturaleza en su precaución había marcado la pauta a seguir, para que el nuevo mundo no se encontrara nunca, antes del tiempo en que estaba estipulado para ser encontrado; y se encontró.

De esa misma manera será que en el tiempo estipulado, llegará Jehová a ordenar el caos, y a desenterrar el arca de la alianza, que reafirmará el pacto para siempre, sellado en el proyecto de José ben Joseph, como Jesús, comisionado a la salvación.

Tal y como le decía, Halcón Emanuel, el intercesor, era la semilla prometida para una nueva era.

Desde esos años de su niñez se podía percibir su gran habilidad, había ingresado a los ocho años a la primaria, y a los pocos meses ya podía explicar las clases como si fuera el profesor y recitar poesías con una sorprendente maestría; claro, ya antes había sido alfabetizado por Elizondo Raquili.

Se notaba que era dueño de un sorprendente carácter y a pesar que era un niño de paz, siempre lo perseguían los problemas y muchas veces cuando trataba de evitarlo y Elizondo se noticiaba; él se encargaba de castigarlo e instigarlo a luchar, por lo que desarrolló un fuerte instinto de agilidad; y cuando se iniciaba una pelea entre sus compañeros de estudios, era difícil que un sólo pudiera derrotarlo, en sus años estudiantiles algunos profesores en el marco de las circunstancias, solían buscar forma alternativa de cansarlo, y recurrían a echarlo a pelear dentro del aula de estudio, y cuando derrotaba al primero, le echaban al segundo, hasta lograr cansarlo, pero muy pocas veces lograban derrotarlo, porque cuando el peleaba y no podía con los puños se defendía con los dientes, dejando mordidos y llorando, a sus contrincantes.

Traía Halcón Emanuel, una cobertura natural de vivencia existencial, pocos de los que intentaban golpearlo, lo lograban; había heredado la sagacidad y el valor de Elizondo; amaba la paz y despreciaba los problemas, pero cuando él creía que no había una posibilidad de solución, entonces él avanzaba sin temblor, y cuando le había llegado el poder de la misión, en la forma natural de su existencia, se percataba de que nadie lo desviara de su autocontrol, porque si lograba enojarse, podría ser como una arma sin seguro, de esas que se auto activaban; porque una simple irritación de aquel, podría generarle infarto a quienes lo provocaran.

CAPÍTULO

AMORES JUVENILES

Cuando Halcón Emanuel, fue consciente de lo que sería su asignación buscó la forma de andar en paz con quienes encerraban la verdad; había recibido revelaciones de su encuentro con Rous Brillit, sin embargo pasarían muchos años antes de que se encontraran, pero Halcón tendría que agotar toda las vivencias asignadas en su trayectoria.

Entonces en honor a lo que tendría que pasar, expresó:

¡Que ternura es verla brillar, al centro del espacio sideral!

En su ciclo de esperanzas y fortunas, un bello amanecer horizontal, nos entrega la luna, en cada despertar.

Esa luna de queso que nos induce al progreso, que nos hace masticar, en ese colorido universal.

Forma un halo de luz, en el umbral, que mueve a desplegar el disfrutar, que a cada hombre conduce a respirar.

¡Deleitando su gracia existencial, en cada bocanada de aire natural, que conduce su vida de nuevo a respirar, para insistirle a Dios, que aún existe el yo!

Nutre de fortaleza y valentía, la esencia del espíritu, sin que los enemigos, obstruyan el camino.

Otorga bendición, en nombre del amor, sin que los detractores, quebranten el honor.

¡Que las maldades no traigan las fuerzas de calamidades!

No afecten la paz, que al entorno va!

Que los deseos, sean nobles acciones, que reciban ellos en sus intenciones!

Desde la puerta de una farmacia la ve pasar, va y se le aproxima y la hace hablar:

----¡ Hola!--- Dice dirigiéndose a ella, que lo mira sin decir nada pero le sonríe, ella sigue andando y el la acompaña, ella no se opone y le corresponde; eran sus años de escuela superior.

Cuando él se la encontró, me refiero a Ñuñu Mendoza; una chica esbelta, tierna y hermosa y al mirarla experimentó una especie de amor a primera vista, por lo que aquel encuentro había alterado la tranquilidad de sus muchas admiradoras, esas dos chicas que vivían en los alrededores y que lo pretendían, y que al enterarse, se sintieron molestas.

Pero además, de esos que la pretendían, no faltaron quienes se aproximaran a ella a advertirle de que si no se deshacía del extranjerito ese", (refiriéndose; a Halcón Emanuel), se lo iban a golpear" y la respuesta indignante había sido confirmar que ambos se enamoraron, debido a que ella estaba pensando darle el sí, a quien la había amonestado, y con la aparición de Halcón, cambió de opinión, y le negó su amor.

Debes de pensar en el tormento, antes de poner la lengua en movimiento, porque es "dueño el hombre de lo que calla, y certero esclavo de lo que habla.

"Yo llegué a este planeta a experimentar, para aprender y enseñar, no a ser golpeado ni hostigado, ni perseguido, ni maltratado, ya Jesús fue vilipendiado, y en cada evolución no habrá repetición".--- Pensó el intercesor.

Así, os dejó claro, que quien otorgue flores, recibirá jardín, y que los hostigadores, bien serán hostigados.

Para que cada cual, en su capacidad no deje de aportar, y en su necesidad reciba la verdad, porque de hecho en acción de justicia nunca es recomendable querer para los otros lo que el espíritu no acepta para sí.

Y confirmó Ñuñu Mendoza a Halcón Emanuel, como el hado que trazaría sus primeras primaveras.

Halcón era un joven simpático, y con mucho carisma para las mujeres, había besado a más de un centenar en el sector, y todas conocían su fama de querendón, pero aquellas al enterarse de que otra, las había desafiados, se molestaron, principalmente, Ivelisse, y Ana Mercedes, ambas blancas, hermosas, y celosas; que una noche al enterarse que Halcón Emanuel celebraba una fiesta de recaudación de fondos, en el club del barrio; Ana Mercedes se enteró que él no la invitó porque esa noche bailaría con Ivelisse, y por despecho habló con Checo el necio, para que se presentara al lugar con la intensión de provocarle celos; pero Halcón Emanuel, no era de esos que se irritaban por la primera provocación.

No pretendía ni creía Ana mercedes que esa noche su intensión provocaría una enorme pelea.

De todos modos a ella no le importó, y su coraje aumentó cuando vio que Halcón Emanuel, en presencia de todos a Ivelisse besó, entonces Ana Mercedes, una niña que se ponía colorada cuando se enojaba, a la pandilla del checo agitó y en poco tiempo todo se prendió.

Cuando los esclavos se unan, y en flagrante rebelión se nieguen a pagar los excesos de los abusos, entenderemos por qué la glotonería, puede ser una herejía.

Y es que el malvado se divierte con la irritación del prójimo.

Aconteció que los necios a petición del Checo, sin ser invitados se presentaron, y con sus acciones vandálicas, provocando a todos; y con el polvo acumulado sobre la tapa de la consola, escribieron bárbaras obscenidades, y Halcón Emanuel, que recién cumplía los 18, recurrió y la borró, siendo tal acción suficiente para que Checo el necio, le lanzara un navajazo a aquel, quien con la agilidad de un felino se bajó pasándole el chavetaso sobre su cabeza pero asestando el rostro de Amable el malleto, un amigo de Fernandito que se había hecho adepto de Halcón Emanuel, y quien había salido en su defensa, y eso fue suficiente para que esa noche los pupitres se arrastraran, y las botellas rodaran por los aires.

Halcón Emanuel, sabía que todo de forma natural obraba a su favor, pero ignoraba que él tendría el rol de intercesor.

Los Necios eran una pandilla integrada por 12 peligrosos macheteros que a todos ponían en zozobra, intervinieron en pleno al rescate de su representante, aunque esa noche empezaran a perder la reputación que habían acumulado, a pesar de que pusieron a Amable el malleto y a Fernandito, a saltar las alambradas por la puerta de atrás, que sin escatimar esfuerzos, en breve habían hecho trizas camisas y pantalones que además, de dejarle la piel a la intemperie, también facilitaron, ciertos hematomas, y magulladuras sobre aquellos cuerpos endurecidos por el sol, las vicisitudes y la atmosfera del trópico, y todo lo expuesto correspondía al motivo de haber tocado retirada en esa dirección, porque la puerta principal había quedado bajo la custodia de los Necios.

ROMANCES

Pasaron varios días, sin que ninguno de los protagonistas del altercado se vieran la cara, hasta que una semana despúes Checo el Necio, apareció por lo frente del club del barrio con un machete, pero Halcón no le permitió levantar la mano, pues cuando lo intentó, ya aquel le había dado un tope que lo llevó al suelo, quitándole el machete, entonces los líderes del sector aparecieron y evitaron lo peor.

A partir de ahí, las pandillas lo respetaron, él empezó a dirigir un grupo popular de arte escénico integrado por estudiantes, y su fama crecía en el barrio.

Ñuñu que estaba pensando eso de darle el sí a otro, se lo dio a él, y pasado el primer día sin que apareciera, ella salió a buscarlo.

Ella tenía 15 años, y le sorprendió la casa de tabla donde aquel habitaba, estaba en el fondo de una colina, y cuando trató de llegar donde él estaba se resbaló lacerándose en la pierna derecha, siendo necesario asistirla con metiolé. (*)

---

*   Una especie de desinfectante líquido.

Se amaron como pocos; él consiguió trabajo en una cadena de tiendas de calzados, dejó a Ana Mercedes y a Ivelisse, y se comprometió con Ñuñu; trabajaba y estudiaba manteniéndose en tal condición por muchos meses, hasta que un día hubo una discusión en casa de Ñuñu, donde estaba envuelto el padrastro, entonces Halcón Emanuel la convenció para que se fuera con él y no volviera.

Le pidió prestada la llave de una casa de empeño a un señor que era como su padre, y se mudaron en aquel lugar; usaron como lecho nupcial, una cama que habían llevado a empeñar.

Los fines de semanas cuando estaba libre, seguía dirigiendo el grupo de Arte escénico.

Entonces una noche él tuvo un sueño donde le mostraron un número que jugó a la lotería, y que había resultado premiado, y con esos recursos, rentaron y amueblaron un apartamento.

Traía aquel también, una gracia que impactaba formidablemente a las hembras; tenia facilidad de palabras y un carisma para atraer personas, que no faltaron quienes lo motearan como" el pico de oro" para definir tales detalles.

Se destacó en las relaciones humanas y siempre estuvo enrolado en más de una organización de servicio a la comunidad, mientras habitó la región del caribe y al concluir su escuela superior ingresó efímeramente a las fuerzas policiales, siempre exponiendo su amor por los de abajo ante el desafío de los de arriba al grado de experimentar el primer arresto de su vida:

En una ocasión fue enviado a un operativo donde debían desalojar a los ocupantes de un terreno que había sido vendido a los mismos ocupantes por un mayor; la patrulla llegó dispuesta no solo a destruir las chozas que habitaban los depauperados, sino a golpear a los ocupantes; por lo que él se le opuso al cabo que conducía la patrulla, obstruyendo de tal forma la injusticia, entonces habiendo tal acción dado tiempo a que la comunidad se organizara e impidiera el desalojo, la patrulla volviéndose contra él, lo arrestó, se lo llevó al mayor ejecutivo donde el teniente Toby quien tenía a su cargo el pelotón al que pertenecía Halcón Emanuel, el intercesor, tuvo que hacer acto de presencia, le pasaron un consejo entre ellos en presencia del coronel Mínguez, el jefe mayor de la sección contra motines, y del mayor Ji minian, le pidieron al intercesor que se retractara pero aquel se negó :

---- Por qué te prestaste a obstruir la justicia recluta. Cuestionó el coronel.

---- Yo no creo que haya obstruido la justicia, más bien se podría decir que evité una injusticia.---- Respondió aquel.

-----Halcón Emanuel, quién le paga a usted?---- Interrumpió el teniente Toby.

---- El mismo que le paga a usted…... El pueblo contribuyente.---Afirmó.

----- Tú estás con nosotros, o con los civiles?.--- Cuestionó el mayor Ji minian.

---- Perdone mayor, usted es uno de los que menos debería hablar; porque usted le vendió los terrenos que obviamente son del estado y después firmó para desalojarlo, y si el estado somos todos, cuál de todos es el ladrón?....

==== Pero bueno carajo, si eso es ahora que ese recluta nos está tratando así, cuando tenga 20 años nos saca a todos nosotros de aquí, tráncame a ese recluta. ---- Ordenó el coronel como echando humo por las orejas.

Había sido sentenciado a treinta días por insubordinación.

Veinte días después, el teniente Toby lo visitó a la cárcel de alistados de la policía militar, a convencerlo con que se retracte porque si lo hacía el coronel le entregaría un perdón y lo conservarían en las filas policiales, pero Halcón Emanuel se negó, e insistió en que quería su baja.

A los treinta días le concedieron la baja por mala conducta por insubordinación, por haber abandonado su posición instigando a que otros conscriptos lo siguieran.

Al abandonar las filas policiales, ingresó a la universidad, donde seis meses después fue becado y contratado para servir en la seguridad de la alta academia, con un alto dinamismo de acción.

LAS COTIDIANIDADES

Mientras estudiaba y trabajaba había sido asignado a una puerta de la escuela preparatoria que comunicaba con la universidad, donde había logrado influir grandemente en el estudiantado de la escuela superior y tales razones lo indujeron a ganarse la confianza de alguna de las jóvenes que haciendo de conejillas de india, le permitían hipnotizarlas lo que las llevabas a confesar delante de los novios, generando conflictos en más de una ocasión.

Y muchas veces algunos de los jóvenes tendían a violentarse peleándose entre ellos; porque bajo el trance hipnótico las jóvenes confesaban sus pecados y muchas confesaban en presencia del novio si habían estado con otros y al salir del trance quedaban en vergüenza y evidencia y con las relaciones destruidas.

Entonces descubriendo que lo que hacía en nada contribuía a la edificación, cesó de aquella práctica y empezó a ayudar con la formación de grupos que colectaban fondos para la graduación de los estudiantes, ganando una amplia popularidad entre los pre- graduados, quienes al comenzar los estudios Universitarios lo candidatearon a las direcciones de las asociaciones estudiantiles, llegando a ocupar grandes posiciones medias.

Antes de que él se recibiera, habían llegado dos, de los que integrarían su linaje en el planeta tierra, eran los junior Mau y Mich.

Por lo que habían diversas formas de probar al intercesor lo que vendría a ser un examen de misión existencial; lo había apartado Dios, mucho antes de nacer, para el grandioso propósito de la era, y aunque no sería de un día para el otro, todo venia estipulado en el tiempo.

Pues como les había dicho, la señorita Ñuñu, se había convertido en toda una mujer, cuya reiteración de condición se confirmaba al haberle otorgado esos primeros 2 hijos.

Resultó que Ñuñu, había sido solicitada por sus familiares para que fuera a residir con ellos, a la nación del águila, lo que en vez de crearle alegría, le había generado desasosiego y dolor, ella amaba a Halcón Emanuel, y había sido invadida de un presentimiento de que aquel alejamiento, sería la separación definitiva, pues ya habían procreado dos hijos, y ella temía tener que criarlos sin su padre; y como lo pensó fue.

A ella le tocó viajar sola, y aunque no estaban legalmente casados, él accedió a que ella viajara, viéndose una o dos veces al año, al cumplirse el primero de ellos, había regresado a la nación del folklore a casarse con él, con la intención de que cimentaran su familia en la nación del águila.

Continuaban viéndose esporádicamente, hasta que fuera el tiempo en que le saliera la documentación, tanto a los niños como a Halcón Emanuel.

Sin embargo, cinco años de espera, laceró aquel amor.

Se había enterado él, que el jefe que ella tenía, y con quien además había desarrollado una tierna amistad, la pretendía.

Resultó que un día Ñuñu hizo un viaje de emergencia, donde Halcón Emanuel sin que ella se percatara, le revisó la cartera, encontrando una libreta de notas donde ella conservaba el nombre y el número de teléfono de su jefe en clave.

Halcón Emanuel de naturaleza inteligente. Descifró el acertijo y en un factor sorpresa le preguntó cuál era el nombre de la clave, y ella que permanecía sentada en la sala de estar, al escuchar tal cuestionamiento se sintió descubierta, pues aunque no dio respuesta; su acción lo confirmó, ya que se había levantado de un salto, abandonando en silencio la sala de estar, saliéndose a la calle se sentó en una piedra gigantesca que había bajo un árbol de javilla ubicado frente a la casa; una vez allí se sumió en un indescifrable letargo, y después de una larga reflexión rompió el silencio y dijo:

----Es mi jefe, nada personal no importa lo que pase, ya tu documentación de viaje está sometida, y como quiera, tendrás tus documentos---. Le había asegurado Ñuñu.

Aunque ella había tratado de poner todo en orden, asegurándole que de todos modos continuaría el trámite de su documentación en la nación del águila, Halcón Emanuel, continuaba tarareando algunas canciones tristes alusiva a la condición, antes de irse a dormir, y aunque esa noche se dieron las espaldas, al otro día hubo una reconciliación fingida y dos semanas después, Ñuñu se fue con el dolor de la desilusión, y él había conocido a Jesy, con quien desarrolló una hermosa amistad.

El ignoraba que había sido el escogido del amor, para la transformación; él era la continuación, pero mientras ese tiempo llegaba su popularidad entre las mujeres se hacía evidente, nada es casual, más cuando algo te parece anormal, no está suscrito a lo tradicional; brillaba el sol con esplendor y resplandecía el amor.

ACCIONES ESTUDIANTILES

En una ocasión de sus años universitarios, frecuentaba Halcón Emanuel a una doncella de muy buen ver, que causaba un cierto regocijo en él, se había imaginado aquel, que estaba íntimamente con ella, en el momento en que dormía aquella, soñaba que Halcón Emanuel estaba teniendo un encuentro carnal con ella; y al otro día al encontrarse en los pasillos de la universidad, aquella que andaba acompañada de una amiga lo miró y le sonrió, luego le indicó a la amiga que mirara a Halcón con precaución, al tiempo que le decía con marcada intención de que Halcón la escuchara:

---- Mira…. ¡Él es tan coqueto, que es como refresco!!!

Y seguían sonriendo sin dejar de mirarlo, mientras Halcón correspondiéndola de igual modo, fingiendo una sonrisa pero sin decir nada, siguió andando.

En realidad él sabía que ella había soñado que tenía sexo con él; después dejaron de verse por un tiempo, y cuando volvió a verla se enteró que había contraído matrimonio, y él se alejó de ella.

En esos primeros años de su rol de estudiante universitario, su poder natural se manifestaba de forma tan persuasiva, que solía comparársele a la certeza de Rasputín, un monje que existió en Europa, específicamente en la Rusia de los zares; y el intercesor como aquel, era una especie de bola al guante, donde miraba acertaba.

Cierto día al regresar de uno de sus viajes como conferencista, conoció en el autobús donde iba de regreso de una provincia a la capital, en la nación del folklore, a una mujer que en una travesía de 8 kilómetro de viaje se había encariñado con él, prácticamente acabando de conocerla, aquella había quedado tan persuadida, que optó ella por insistirle con gran sumisión de que el la llevara a la cama, que resultaba anormal para las condiciones culturales de la nación del folklore, en eso tiempo.

Aquella se llamaba Lucia, una rara beldad que al ser mirada generaba felicidad, tenía unos ojos grises y una piel cobriza suave como la manzana, ella quería que él la amara como si se hubiesen conocido por toda una vida, él radicalmente se negaba, porque acababa de conocerla, y después de tanto ruego, accedió y la conoció al grado que le gustó.

Al otro día se levantó temprano y se marchó; tres días después regresó por ella y no la encontró; fue una aventura que luego extrañó.

Habían pasado algunos meses, y en un trayecto de un kilómetro, mientras caminaba en la zona urbana, conoció a una transeúnte con quien unos minutos después acabó en los jardines de una de las plazas culturales en la capital de la nación del folklore, y encontrándolo el vigilante de la plaza encima de ella haciéndole sexo le reclamó:

---- ¿Qué está pasando aquí? Pretenden ustedes que yo pierda mi trabajo?---- Le dijo.

---- Solo si se escandaliza, lo podrá perder, así que vuélvase para retirarnos---- Le respondió Halcón Emanuel.--- El vigilante se volvió, mientras aquellos se incorporaron abandonando el lecho prefabricado y encaminándose a uno de los de los museos, concluyeron el acto, dentro de un ascensor, despidiéndose luego, cada uno por su lado para jamás verse de nuevo.

Eran aquellas de las pocas acciones alarmante que solían generarse en la vida de aquel, en su incontrolable adolescencia, al grado que todo parecía provenir de esos años de escuela primaria, donde Elizondo no sabía qué hacer con él, por lo que le propinaba los más severos castigos;

en su forma de amarlo, y buscando corregirlo, a veces lo arrodillaba sobre un guayo con una piedra en la cabeza, o lo desnudaba y lo azotaba con una cuerda de cabuya, o lo encerraba en una habitación con las manos amarradas como a un cautivo, lo que tendía a enfurecerlo, porque lo hacía sentirse como a un esclavo.

El traía grabado en su alma su condición libertaria, y le irritaba todo lo que indujera a la privación de su libertad, porque él, aún ignorando su condición, despreciaba la esclavitud, y entendía su misión, de la misma manera que Jesús sabía que debía morir para salvar a la humanidad.

En otra ocasión desobedeció una orden de Elizondo, y pensando aquel, que no había castigo que Halcón Emanuel no pudiera resistir, optó por entregarlo en un destacamento policial, a donde estaba depuesto el primo Ben, quien se había negado a encerrarlo, tratando de que Elizondo entrara en razón:

----- ¿Qué estas pretendiendo hacer, Elizondo, tú sabes que Halcón apenas tiene 15 años, y por lo tanto, la ley me prohíbe complacerte. --- Especificó Ben.

---- Es mi hijo, y yo te exijo que lo encierre. Respondió Elizondo con cierto alarme, mientras se llevaba la mano derecha a su pecho.

Esta negativa motivó a que aquellos se encerraran en una discusión generándose un enfrentamiento entre primos, que concluyó con Ben, con un ojo morado y Elizondo encarcelado, debido a que en ese entonces, las leyes terrenales prohibían que se encarcelaran a los menores.

Esa tarde Lumy le sacó en cara a Halcón, cómo su desobediencia hubiese causado el encierro de Elizondo:

---- Vete a llevarle esa colchoneta a tu papá, que por tu culpa ahora va a tener que amanecer encerrado.--- le dijo.

El caso era que la misión de Halcón lo inducia a un fuerte entrenamiento natural en su existencia terrenal.

Elizondo era uno de los mejores padres, pero con Halcón él se turbaba, pues era Dios y no los hombres, quien conducía la vida de Halcón, y era que Halcón era un buen niño pero de un carácter superior, y un temperamento divino, lo que era pecado para el mundo, para el eran experiencias ; a veces cuando el andaba en una acera, por evitar problemas se cruzaba para otra, y allí donde se había trasladado lo esperaba la más fantástica prueba, el niño con quien él no quería pelea lo provocaba y lo obligaba a batirse.

En sus años de primaria, cursando el segundo grado, el profesor Augusto buscaba disciplinarlo por lo que solía organizar unos festivales de peleadores hasta que apareciera quien pudiera vencerlo, y no podían porque cuando el sentía que le faltaban fuerzas, el recurría a las mordidas hasta que sacaba del juego a sus competidores dejando a todos llorando.

Halcón Emanuel era un pequeño Dios, rebelde desde que era niño, él amaba el cine desde esos tiempos del celuloide en blanco y negro y cuando Lumy, no quería financiarle la entrada, él se percataba de donde ella guardaba el portamonedas y le cogía el dinero de la entrada y se iba sin permiso.

Pero también era un niño que ayudaba a cruzar la calle a la ancianita y compartía lo poco o mucho que tuviera con quien lo necesitara; pero ni él podía evitar ser tan dulce para los conflictos, un día fue a visitar con Fernandito un lugar, donde un Joven mayor que el regaba las hortalizas, era cerca del mediodía, pero hacia frio desde que el joven se percató de aquella presencia, dirigió la manguera a donde Halcón se encontraba y lo mojó, Halcón se sintió tan irritado que con lo primero que encontró le lanzó el joven cholo se bajó y el pedazo de palo que se dirigía a él, simplemente le sirvó pasando por encima de su cabeza y, recurriendo a una piedra de filo se la lanzó al niño Halcón, causando una ruptura de cabeza, al ver brotar la sangre de la cabeza de Halcón, sintiendo miedo intentó huir, pero Fernandito se apoderó de la piedra y se la devolvió causando una notable laceración en los tobillos del cholo, que aún después de grande sentía vergüenza de aquel acto.

Halcón era de una naturaleza sagaz; a los 11 años era seguido por grupos de niños tanto de su edad, como mayores y menores que él, realmente se escindía hacia un liderazgo social.

Organizaban en el corazón del bosque escogido en la proximidad de la orilla de uno de los ríos del contexto, unos combates con espadas de palo donde hacían de sus diversiones todo un drama sin libreto, que incluían volar por los aires de un árbol a otro movido de cuerdas de bejucos que nacían de la improvisación del juego, con parada formada por construcciones de casas sobre los árboles que hacían de refugio de los ganadores, que eran aquellos que no eran tocados por las espadas de los adversarios en los combates.

CAPÍTULO

REMINISCENCIA

Te dije que te fueras a llevar esa colchoneta a tu padre; vete antes que sea de noche.

---- Está bien Lumy.---- Respondió Halcón.

___ A ¿quién es que tú le está diciendo Lumy?. Cuestionó su madre.

_____ A ti ¿Acaso no es ese tu nombre?

------ No seas irrespetuoso Halcón, ese es mi nombre para los demás, para ti soy mamá.

----- Esta bien mamá, perdóname.

----- Bien mi hijo, vete y ven de una vez.

Halcón obedeció y llevó la colchoneta al destacamento; de ahí en adelante pasaron los años, y Elizondo a veces lloraba, ya que todos los castigos existentes se lo había aplicado sin resultado, hasta que un día le dijo: ---- " no te apures, que hijo eres, padre será", y pareció que aquellas palabras lo intimidaron, hasta que un día en que fue convocado para hacer la primera comunión, escuchó que el sacerdote decía en la homilía de preparación " no hagas a tu prójimo, lo que no quieres que te hagan a ti" y esta expresión le caló hondo, y empezó a obedecer; de ahí en adelante, empezó a escuchar los consejos de sus padres, y muchas veces, soñaba y se levantaba con la impresión de que debía obedecer los diez mandamientos, y le quedaba la impresión de que eso era una gran responsabilidad, que nunca él podría cumplir.

En verdad, las mujeres fueron causa y razón de muchas de sus pruebas; aunque no existía una planificación de sus actos, todo se generaba en honor al amor, pero eran muchas las que en sus años de mocedad tuvieron acceso a él, ellas se enamoraban y el les correspondía, de forma que a todas le daba acceso.

Había una que le fingía ser virgen, y sin prejuicio él no tenía dificultades en creerle, pero un día fueron a comer a un restaurante y usaron un reservado que tenía un mueble largo donde empezaron a acariciarse, descubrió él que la moza le mentía y siendo mujer se le vendía como virgen, entonces se le monto encima pero su piernas que eran largas, sobresalieron del espacio saliendo fuera de la cortina, y un camarero que llevaba una bandeja chocó con sus piernas derramando la bandeja sobre el piso, por lo que amenazó con llamarle a la policía debido a que un reservado era para hablar, no para relacionarse sexualmente, pero aun así, él intimidó al camarero, mientras la joven decía:

--- Hay tú, dejas eso así.

Al verla sufrir, el optó por hacerle caso, se negó a pagar lo que el camarero tiró pero pagó su consumo y se marchó.

Eran tantas las historias de Halcón con las hembras, que su acumulación resultaba increíble, era que él contaba con una fuerza persuasiva que parecía un imán que al mirarlas las deslumbrabas y ellas lo seguían al instante, dos y tres quilómetros detrás de él y muchas de ellas se acostaban en su cama y las hacías volver a sus niveles de conciencia, cuando ya él estaba sobre ellas; y algunas asustadas chillaban pero él se le quitaba de encima, las mirabas y ellas se calmaban, regularmente sus trabajos nunca fueron fuertes y una gran cantidad de mujeres financiaban su vida, y muchas llegaron a invertir grandes sumas de dinero en la compras de ropas, prendas, viajes y pago de rentas, para él, sin embargo siempre anduvo en la cobertura de Dios.

A veces solía encontrarse con gente de la iglesia, principalmente mujeres, que al mirarlo lo acusaban de lo inexplicable.

---- Eres un demonio- --- Dijo una vez una de ellas; mientras en otra ocasión le especificó: --- Dios me dijo que aunque tú no esté dentro de la iglesia, tú fuiste enviado por él.

De todos modos Halcón Emanuel sabía que una fuerza misteriosa andaba en él, y asiduamente sentía la necesidad de conocer, qué era lo que lo hacía, distinto a los de más hombres. Solía visitar lugares donde algunas entidades subían para hablarle de los propósitos de Dios para con él.

Un día fue a un centro espiritista donde la gente acudía a leerse el futuro y cuando le tocó su turno, la entidad que estaba en cabeza de la médium al verlo se sorprendió y de forma escandalosa le expresó:

---- ¡No, con usted no!

---- Y por qué conmigo no.

----- Dios me tiene prohibido darle información a usted.--- Externó.

------ ¡Oh, sí!…. ¿ Acaso me conoces?.

----- ¿Qué si lo conozco?..... Jajaja, más de lo que usted cree.

----- ¿Si, entonces quién soy?

----- Le dije que tengo prohibido darle información… lo único que puedo decirle que usted nunca fue animal, y su misión es…

---- ¿Si, cual es mi misión?

----Su misión es, algo tan grande como la que trajo asignada Moisés.

Desde ese entonces, había empezado un proceso terrorífico y una noche se le presentaba Jesús, y otra noche Lucifer, según la concepción de forma que se tenía en la tierra, de lo que debían ser los seres, estaban en una disputa para inducirlo a definir a cuál de los dos le serviría.

Y siempre estaba soñando que viajaba a otros planos o que levitaba, y se veía flotando en el aire.

De todos modos, mientras estuvo en la nación del folklore, las mujeres no lo dejaban en paz, y después de lo acontecido con Ñuñu, conoció a Jesy, quien contribuiría a agudizar las dificultades contextuales.

Estudiaba en la universidad donde él se desempeñaba como docente, ella lo vio y desde ese mismo instante hicieron un intercambio de sonrisa, lo que fue suficiente para que unos meses después quedara embarazada.

Cuando él se enteró que iba a ser nuevamente padre, con toda se lo informó a Ñuñu la que como despecho, se armó de sus medidas, e hizo un viaje sorpresa donde Jesy y ella, acorralando al mismo tiempo a Halcón Emanuel, lo introdujeron en el centro y abriéndole los brazos en cruz, lo jaloneaban y una le decía: ---- Es mío.---- Y la otra le respondía------ No, es mío.

Y Halcón Emanuel les respondió: --- De ninguna de las dos.

Y fue, como lo pronunció.

Unos días después Ñuñu, regresó al estado de la rana en la nación del águila.

Entonces Halcón, viajó a la nación del petróleo al centro del continente, a un entrenamiento de cuadros nacionales de la nación del folklore, y a su regreso encontró que Jesy había vuelto a su casa materna.

Luego Halcón Emanuel a su regreso. Sabiendo que debía facilitar el nacimiento del bebé hizo un cambalache, y como Ñuñu ya no necesitaría el seguro médico, la retiró y en su lugar introdujo a Jesy, para que pudiera traer al niño en plena pulcritud, y así fue, nació varón y él lo siguió atendiendo, y aun cuando se había llegado el momento de ausentarse de la nación del folklore, dejó rentado el lugar donde residía, a fin de que le pagaran una pensión de manutención al recién nacido.

Cuando se había cumplido el periodo de que el intercesor abandonara la nación del folklore, se encontraba aquel, posicionado en su vida profesional, era servidor administrativo de una universidad, profesor de otra, y director de relaciones públicas en una dependencia gubernamental, sin embargo, todas aquellas asignaciones eran propias del libre albedrío.

Durante ese tiempo, Halcón Emanuel intensificó su afán en alcanzar otras titulaciones, y unos pocos meses después había recibido fabulosas ofertas de empleos en la nación del Folklore, y agradeció aquel, dándole gracias al señor y en agradecimiento expresó:

---- La luz del sol ya renació, y te espero con amor, porque el señor es mi Dios.

Te llevo siempre en honor, de tu gloria salvador, cuando ante todos tú eres ese magno redentor.

Renació mi gran señor y a la humanidad salvó, ya no siento tal dolor, tan solo gloria y amor, y la paz renacerá, en la acción del salvador.

Hoy llegó el intercesor, expandiéndose en el rol, que le señaló el señor.

Enarbolando la espada, de redención y de amor.

Cierro mis ojos y en el silencio, percibo el ruido y la libertad.

Unos saltan y otros ríen, y la gloria y el honor, sólo la entrega el señor.

Padre que otorga el poder, salvador que interactúa dentro del intercesor, que anuncia las buenas nuevas, del propósito de amor, que una era renovada, al mundo cambia la cara.---- Puntualizó.

Era su forma de agradecer a Dios, la causa natural de su existir; siempre estaba seguro, porque una seguridad natural lo invadía; experimentó todo lo que el espíritu le permitió, y transitó por el fango y el asfalto.

Fue maestro y funcionario, pero Dios, ya tenía decidido su destino; en pocos meses le había salido la documentación, renunció a sus posiciones, y viajó con los júnior a la nación del águila donde pasado un mes se inició la encrucijada;

Para ese entonces Halcón Emanuel había cumplido 33 años; durante el primer mes de estancia, se habían agudizados los conflictos y los malos entendidos, y aunque se amaban, el destino le había jugado una treta insalvable.

CAPÍTULO

LA NACIÓN DEL ÁGUILA

Halcón Emanuel se trasladó en una trayectoria guiada en el propósito donde se enteraría que lo que Dios le tenía reservado Como misión, tendría por destino, la ciudad de las dos torres en el corazón de la nación del águila.

Para ese entonces la población que habitaba en la nación del águila, se componía aproximadamente de un 85 por ciento de inmigrantes que habían procreados familias.

El sistema se había diseñado de tal forma que pocos o nadie pudiera rebelarse para después contarlo.

Existía la impresión de una democracia insuperable donde todo sobraba y nada faltaba.

Culturalmente, la población tendía al conformismo, muy pocas protesta en masas, las decisiones de los conflictos sociales, descansaban en manos del poder judicial, donde finalmente los jueces y las cortes decidían sobre lo que le correspondía a acusados y querellantes.

La nación del águila, de hecho poseía una de las más poderosa fuerza imperial del mundo, y una gran influencia entre súbditos y aliados; ocupaba una área de 9, 529,063 kilómetros cuadrados, y una población de habitantes, aproximadas a los 297,980.000; millones, un gobierno federal encabezado por un presidente, y 50 estados regidos por sus respectivos gobernadores. En ese entonces la nación del águila, representaba el 5 % de la población mundial, y consumía aproximadamente más del 27 % del producto bruto de la población mundial; debido al avasallamiento de países que Vivian el evolutivo desarrollo socio cultural debido a millonarias inversiones económicas, y al prodigioso ejército de amedrentamiento.

Una imperante tasa global, hacía de su moneda el estandarte equivalente en el comercio mundial, sumado a esto la hegemónica influencia de su lengua sobre las otras naciones del mundo.

Cada estado estaba poblado por diversas comunidades de origen extranjero, con un perfil de cultura religiosa compuesto por 57.9 protestantes, 21.0 por ciento de católicos; 64.4% de otros cristianos; 2.1% de judíos; 1.9% de musulmanes; 8.7% de no religiosos y 2.0% de ateos y sectarios.

Además, poseía la nación del águila grandes recursos naturales como carbón, cobre, plomo, uranio; bauxita, oro, hierro, mercurio, zinc, petróleo; níquel, plata, tungsteno, madera y gas natural.

Sus tierras eran cultivables en un 19%; con un 25% de pastos y un 30% de bosques y selva.

Tenía 207,000km cuadrado de tierra de riesgo, pero también renglones donde acechaban los peligros naturales, como eran terremotos y actividades volcánicas en los alrededores de la cuenca del pacifico, huracanes en la costa del atlántico; tornados en el medio oeste, deslaves de lodo e incendios de bosques en el oeste, e inundaciones en el norte de la costa antártica.

Narraba la mitología, que en los tiempos de Osiris existió una especie de trono en el santuario del sol primigenio que contenía unos aros secretos, al sur de una cámara piramidal, que yacía en saltado por un obelisco que descansaba en un mecanismo cósmico diseñado como un observatorio, de donde se vigilaría a la humanidad.

Toda esta fantástica tecnología había sido construida por los atlantes para controlar el avance de la humanidad, dando paso más tarde a la historia de la torre que se edificaba en babel, por lo que no era casual la expresión de algunas nobles intenciones de que ya otras generaciones, habían intentados "construir escalera para llegar al cielo"*, pero que confundidos en la limitación de sus ciencias, sucumbieron en el intento, dando paso sobre todo, a que Franciscanos y Dominicos, concibieran al mundo diferente a como lo veían los astrónomos del siglo XV, y XVI, el polaco Nicolás Copérnico, al desarrollar la teoría heliocéntrica, descubriendo que la tierra giraba alrededor del sol, no al revés, y el astrónomo italiano Galileo Galilei, que por afirmar la misma teoría heliocéntrica había sido declarado culpable y condenado a prisión perpetua, mientras los primeros Franciscanos y Dominicos, que representaban a la iglesia, seguían creyendo que la tierra era plana, los segundos sostenían que era redonda, y lo sostuvieron hasta perder sus vidas por causa de su lógica, se le había privado de sus derechos a la expresión.

*(Génesis 11: 4-5.

Todo estaba contenido en la necesidad de que la evolución de la humanidad, anduviera acompañada de una pauta de moralidad por lo que el libre albedrio estaría equilibrado en las pruebas selectivas del bien y el mal.

Esos aros secretos al sur de la cámara piramidal, simbolizaban seis soles; el primero de ellos había sido destruido por el agua; el segundo sol expiró cuando el eje del mundo se inclinó atrayendo la era glacial; el tercer sol había sido arrasado por un fuego como cobranza al karma de la inmoralidad de la humanidad, de donde se dedujo que Sodoma y Gomorra habían sido destruidas con fuego, que emanaba desde una nave extraterrestre, parqueada sobre su espacio.

Entonces cuando el cuarto sol, que permanecía en su eje, había sido apagado por el diluvio universal aparecieron las pirámides, y grandes revelaciones a la humanidad.

Surgió el quinto sol, como madre de una nueva generación, que ocuparía un grado inicial en la rueda de la reencarnación, y que terminó cuando el cetro de Osiris se retiró de su base; en el cinco mil antes de Jesucristo.

Cuya llegada seria anunciada por un platillo volador, pero que debido a la ignorancia de ese entonces, se había presentado a los ojos de la humanidad, como una estrella lumínica que había guiado a los magos asiático hacia donde el cordero de la salvación llegaría al mundo, precedido por la era de piscis, que muchos milenios antes, había simbolizado a aquellos Dioses que experimentaban dentro de sus creaciones como las ballenas, los delfines y otras formas de cuerpos humanos que abrigaban al alma.

Con el sexto sol, se expandiría la salvación para la humanidad atrapada.

La llegada de Jesús, al planeta tierra, traería un gran cambio en la evolución de la humanidad; la iglesia se modernizaría pero las ataduras seguirían, se había cambiado la forma pero la esencia seguía siendo la misma.

Al partir Jesús en el cristo, había dejado la antorcha de luz, el sefir, que era algo así como la mayor fuente de luz, después del sol y desde entonces, el espíritu santo seguía guiando al hombre.

Después del reinado del último papa, las luces de la iglesia se apagarían, y una nueva era surgiría, la ignorancia seria superada y el miedo quedaría erradicado; la conciencia superior vendría a habitar el nuevo plano; el intercesor era una respuesta a la liberación.

Él se había noticiado de los grandes cambios, atravesados por la tierra desde su creación y encontró que 11.600 años para el 9.600 A.C. los geólogos fechaban que los cambio climáticos de ese entonces, habían devastados el planeta fundiendo bloques de hielo gigantescos que a su vez habían aumentados, el nivel de los océanos; dando paso al desplazamiento de las diversidades de seres que en ese entonces poblaban el planeta; fue cuando los Dioses de la Atlántida pasaron a poblar el subsuelo haciendo de la tierra, un mundo de dos planta, con diferentes entradas, hacia un plano diferente, con un mayor avance tecnológico, que el de la superficie, del que sospechaba la humanidad sin poderlo probar; sin embargo, frecuentemente desaparecían, personas, aeroplanos; y embarcaciones que solían ser raptados desde el subsuelo, con el propósito de investigar a sus tripulaciones.

Aunque esto acontecía a los ojos de todos, la incredulidad, le impedía entender aquellas realidades. Al área se le nombraba triangulo de las Bermudas o el mar de los muertos, era una área geográfica, situada en el océano atlántico y para los contemplan tés, era como una figura equilátera con 435 mil kilómetros cuadrados, donde habían desaparecidos aproximadamente unos trescientos barcos y unos 75 aeroplanos.

Su nombre obedecía a que estaba localizado entre las Islas Bermudas.

Era el año décimo séptimo del siglo XXI, el planeta tenía 4,570 millones de años y aun el hombre ignoraba que en el sótano del planeta existían seres inteligentes, partidarios de la paz, y con una tecnología, más avanzada que la de él.

Era obvio que el reino de Dios, no era de este mundo, que había sido escogido como un campo de prueba, donde el espíritu transitaría habitando un cuerpo, para más tarde en el tiempo seleccionado, abandonando el cuerpo, volviera al plano sublime, el reino espiritual y sobrenatural, por lo que se percibe que lo que se ve, fue hecho de lo que no se veia, por lo que había alegado Jesús, que su "reino no era de este mundo". Hebreos: 11; 3, Juan 18; 36.

ESENCIA Y CONCIENCIA

Vi una nube blanca, que venía hacia a mí, en el mismo instante, que pensaba en ti.

Siempre te sentí, como Diosa y luz, de mi porvenir.

Y aunque nunca antes supe que te vi, tampoco ignoré que vendría hacia mí.

Tan solo esperé el amor volver, y fuiste alegría en la vida mía, y ahora que te tengo, llego a convenir, que eres luz y estrella de mí porvenir.

Clamé la alegría para el alma mía, y celebré fiesta, en tu melodía.

Eres vibración, de la vida mía, cuando despertaste, te hice mi alegría.

Perseguí tu esfinge en la noche obscura.

Brotó la impaciencia, y surgió el coraje.

Recordé el umbral de tu despertar.

Y al amanecer, te volví a traer.

¡Cuánta ternura! Arrastraba mi alma!

Adquiriste calma, y yo te toleraba.

Mientras corría el tiempo yo me percaté que la humanidad, no avanzaba más, y todos ignoraban, que la muerte es vida, y por temer a la vida, todos temían, terminar el ensayo de la asignación existencial.

Solo se limpia quien está sucio, pide perdón el ofensor, no hay razón para beligerancia religiosa, la biblia y el Corán, es contenido similar, la biblia te habla en singular, y el Corán te habla en plural, ambos son la palabra de Dios, expresada de forma diferente, la biblia es palabra de verdad, expresión de Jehovah,

El Corán es la expresión del grupo de la hermandad, es palabra de verdad, no hay razón de disputar.

La era ahora llegó y apocalipsis afloró, ya todo se está cumpliendo, la nueva generación asimila con honor.

La humanidad la integraban seres, tan limitados, que todos parecían culpables, sin embargo, nadie era culpable de las tempestades, ni de los azotes que otorga el destino, ni de los éxitos ni de los fracasos, ni de las razones para estar conmigo.

Nadie es culpable de la dulce esencia, que envuelve mi vida y la ata a tu presencia, porque tu amor, me torne mejor, y en el jardín se prenda una flor, nadie es culpable para ser el ser que vuela en el tiempo, impacta en lo cierto, que el campo de gloria es el universo, que llega y se va, para hacer conciencia en el despertar.

Nadie es culpable, que la humanidad, encienda una vela, tras algún reflejo, que no es la verdad, que se sacrifique, buscando en el hombre la felicidad.

La culpa, no es culpa, acción de experiencia, que da la vivencia!

Ve usted la razón, por la que le afirmo que su corazón no tiene la culpa de que el mío la ame, y el suyo sea de otro?

Nadie es culpable de que la ilusión se torne espejismo, ni de que usted crea que estando con otro, aún sigue conmigo!

"Nadie lograba librarse de la culpa, porque la culpa era la base de la vida, sin embargo seguían ignorando que después del ensayo, nadie era culpable, pues todos escogimos la vida que estábamos llamados a ensayar.

La justicia del hombre era tan ciega como el simbolismo que la representaba, la venda impedía ver el equilibrio que otorgaba el brillo de la luz en cada amanecer.

Es la naturaleza, quien sostiene el verdor de la esperanza, cuando el brillo del sol, nos reitera el amor.

En realidad, no entiendo por qué los interpretes de lo que el humano entiende como justicia, suelen apoyarse en la manipulación, buscando someter a la población a una obediencia unilateral, influida, por los sectores dominantes, que se creen ser los ideólogos del equilibrio, por lo que piensan que pueden imponer la carga de su maldad sobre los hombros de los demás, ignorando que en sus intentos se encontrarían con quienes le dirían:

"He sido arrestado más no soy convicto de casos fabricados"

Así disertaba el intercesor, que cada día expandía, los poderes que los cielos le tenían, y la gente se admiraba de tales expresiones, e iba creciendo el número de seguidores, que como salido de la nada, se iban adhiriendo a su causa, a su paso.

Sus revelaciones continuaban y una de esas noches había llegado a un lugar, donde lo habían estado esperando, él se había atrasado mientras daba respuestas a las interrogantes de algunos de los adeptos que lo interpelaban.

Sin embargo una mujer de edad indefinida interesada en conocerlo se le encimó y mientras lo abrazaba le dijo:

____ Te queremos mucho.

----- Gracias, yo también las amos, y es que lo que recibimos, es parte de lo que damos.

Halcón sabía que los hombres de Dios, siempre andaban con fe, y que la fe, indicaba que donde no había, podía aparecer, por definición, es solo creer en lo que no se ve, y la recompensa, es siempre alcanzar todo lo que cree, y así fue la fe de aquella mujer, que por largo tiempo, esperó por él, y su bendición, fue su gran querer, Dios le había otorgado, esa vida mía, y al aparecer, fui su melodía.

Pasaron los días, mientras que los guardas, seguían en vigía, entonces llegado el momento esa mujer que Halcón conocía, lo condujo a una villa tan opulenta, que al ser contemplada, solo se asemejaba a un paraíso terrenal, allí estaba la sacerdotisa de Ba-al, era algo así como un papa del vaticano, por lo que aquel lugar era una especie de hacienda residencial protegida de una verja gigantesca, que parecía que abarcaba toda la ciudad, con una vegetación reverdecida, entonces, el espíritu le reveló que los planes que tenían, no eran de los más reverentes, por lo que Halcón Emanuel, se descolgó por un desfiladeros que le permitió ganar otro tramo para seguir andando, pero cuando creía que escapaba, la seguridad de la sacerdotisa lo capturaron, conduciéndolo nuevamente a la sala donde se encontraba la sacerdotisa, que hasta ese momento, no había dado la cara, viéndose precisada a enfrentarlo y a insistirle en la necesidad de que él le otorgara una transfusión, que la rejuvenecería, y la ayudaría a prolongar la existencia.

Resultaba que aunque Halcón había encarnado como humano, el traía la esencia del creador, y había sido diseñado para que en cierto tiempo de la existencia, sus poderes celestiales se desarrollaran sustentando así, el poder de Dios.

Entonces, debido a que la sacerdotisa conocía estas condiciones, estaba buscando la manera de convencerlo:

------ Halcón, es necesario que te decidas, ya me queda poco tiempo.

Durante unos minutos que parecían siglos, Halcón reflexionaba sobre la petición, experimentó la soledad en público mientras se hacía acompañar del silencio.

De pronto algo lo hizo retornar, porque del cuerpo de la mujer, había brotado un pedazo de su piel.

Ella le había ofrecido contribuir a su causa económica, con un monto que satisfaría sus necesidades.

Entonces, en una acción de emergencia, él se negó, sin embargo, Halcón atravesaba un proceso de prueba por lo que se quedó dormido y en ese momento sustrajeron su sangre y mientras la trasfusión acontecía, la sacerdotisa seguía perdiendo la piel, mientras Argenis, su asistente personal, se iba debilitando, hasta que la sacerdotisa había quedado en el esqueleto, como una calavera.

Todos los presentes, creían que era el fin, y el intercesor, que seguía en la habitación la vio postrada sobre una camilla, y sobre sus huesos empezó a surgir una piel rojiza que daba la impresión que su condición anterior necesitaba morir, para su renovación.

Pero aun así, Halcón Emanuel intentó dejar la habitación y cuando quiso moverse ella con tierna serenidad y aun postrada en la cama, le dijo:

----- Aún estoy aquí.

----- Oh, aún te puedes expresar! ----- Esbozó Halcón con sorpresa

----- Si, en un espacio de tiempo estaré reconstruida, Jerica, te gratificará.

Halcón, no dijo nada y abandonó la habitación, mientras se desplazaba en el **pasillo**, Jerica apareció con una bolsa negra en la mano, que aparentemente contenía una compensación.

La señora Ángela Firelly, a la que le decían Argenis y que había empezado a sentirse debilitada, había abandonado la habitación poco después que Halcón, todo para desmallarse sobre una de las aceras del jardín frontal de la mansión, antes que nadie pudiera reaccionar al respecto, una culebra se arrastraba hacia ella.

La habitación donde fungía el laboratorio improvisado, donde se asistía a la sacerdotisa, se tornó rojiza, y la sacerdotisa que aún permanecía postrada, se escindió con esplendor.

Halcón que veía todo lo acontecido, seguía en silencio, pero un ruido que venía desde la calle lo indujo a asomarse a la ventana, y vio que las masas se desplazaban con carteles, ponderando el nombre del senador, para una reelección, entonces, el intercesor se percató que había entrado en vigencia la era apocalíptica, y que todo lo que estaba llamado a acontecer, sucedería.

CAPÍTULO

SECTA OCULTA

Vestían rojo sangre e idolatraban a Astarót, entrenados para cobrar deudas a los morosos, y despojar con hipnosis a los dueños de tesoros.

Vendían sueños y salvación, más nunca daban amor.

Sin embargo, eran amantes del hacer y del quehacer, idólatras de cultos vampira les, y adeptos del dinero sin esfuerzo.

Una ablepsia nublaba el firmamento, y los muy cretinos creaban tormentos, había que combatirlos como indignos, porque eran almas sin paz y sin destinos.

Se crecía la presencia de aquel, que había llegado con ternura apoteósica, con la tierna sonrisa que deleita el sentir de un magno revivir.

La decadencia de los tiempos había permitido que el planeta fuera invadido por diversas sectas que se promovían como religiones, para confundir a la población con el propósito de estancar el desarrollo de su humanidad, para sumirlo en un programa de esclavitud, donde se recurría a los avances tecnológicos para confundir a los que ignoraban qué había detrás de sus ofertas de empleos e instrucción, y a través del cual pretendían atrapar y dominar a los que no tuvieran el suficiente poder de discernimiento, haciendo perecer, los grandes avances en el espíritu de las minorías.

Eran sectas que esclavizaban en el nombre de la libertad, y otras que asesinaban en el nombre de Dios; la tierra atravesaba por un caos, que solo el padre podría reparar.

El apocalipsis lo predecía, las profecías, se cumplían.

Una de esas sectas se denominaba "secta oculta" cuyas acciones giraban en torno a un culto en honor Astarót, a quienes ellos les atribuían haber generado el vampirismo, y de donde habían surgido las acciones del conde Drácula.

Pero lo cierto era que el conde Drácula, fue un sádico príncipe que por muchos años había manifestado su condición vampírica, nacido en Valaquia la zona sur de Transilvania e haciendo de la tortura su tierno pasatiempo, era hijo predilecto de su padre Vlad Dracul, cuyo nombre significaba demonio, y como príncipe rumano, había pertenecido a la orden del Dragón, una fraternidad secreta de caballeros que tenía como objetivo proteger los intereses del catolicismo, y luchar contra los turcos.

Aquel a quien ellos ovacionaban, se le atribuía la tendencia a esclavizar a sus víctimas.

Astarót, era un demonio de bajos instintos, que solía inspirar a sus esclavos a las maldades, a los abusos y los hurtos, como justificación de sobrevivencia, los adeptos de la causa buscaban introducir ética en los de más, pero no en ellos y habían optado no llevarla ni por dentro, ni por fuera, querían limpiar el planeta de deshonestidad y deshonestos, pero usaban a cuanto adeptos se adhirieran a su causa, creándole la prisión de la manipulación y el espionaje, a tal grado que si eran seres de altos niveles económicos, buscaban la manera de administrarles sus recursos de forma que pareciera que lo habían recibidos como donaciones, sin que dejaran el intento de que todos consumieran los textos de maldad y oscuridad.

Realmente se había llegado un momento en que quienes habían estado bajo la mira experimental de ellos, no querían encontrarlos de nuevo en sus caminos.

No obstante, cuando una víctima de esas, que el gobierno no quería dejar, caía entre ellos, hacían creer aquellos, que no eran adeptos de la causa oficialista, con el objetivo de ganarse la confianza del individuo, a fin de sacarle toda la información posible, para suplírsela al gobierno, cuya dudosa conducta, solía pagarla con generosidad.

Obviamente, eran especialistas en fraudes, Siempre prestos a reclamar beneficios abandonados haciendo creer que el propietario del reclamo lo había autorizado, pero sin que en realidad el dueño del reclamo se enterara de sus intenciones, y si se percataban que aquel sospechaba al respecto, buscaban la forma de separarlo diplomáticamente, del grupo, para que no se enterara, hasta que ellos no lograran su propósito.

Una vez en el procedimiento, tratan a la víctima con la mayor dulzura, para revolverles papeles y ponerlo a firmar, para justificar el fraude.

Algunas de sus víctimas solían considerarlos como una maquinaria de opresores, que se vendían como libertadores.

Eran tiempos apocalípticos, y ellos buscaban confundir los sentidos, y para ello recurrían a la tecnología, y a todo lo que deslumbrara la vista.

Eran matriz de la esencia de los hombres grises, que intentaban imponer un nuevo orden que controlara a la humanidad, a través de la cibernética.

Eran los propulsores de esa marca de la bestia, que describía la biblia como el 666; por lo que estaban presto a confundir, y a lavar cerebro, y siempre servían enseñanzas que justificaran sus operaciones, comprometiendo a los que la recibían, para crearles deudas a través de las cuales pudieran manipularlos, y hacerlos prisioneros para como una mafia inclemente saquearlos, como victimas escogidas!!!

El intercesor, frente a los distintos sectores, era admirado por unos y despreciado por otros, y esos eran los que lo bendecían, y los que deseaban verlo arruinado.

Durante los muchos años que llevaba viviendo en la nación del águila, y específicamente en la ciudad de las dos torres, donde había entrado en conflictos con los representantes del cesar, quienes lo habían encarcelado y juzgado en flagrante violación de sus propias leyes, y que por la naturaleza de cobertura divina que lo rodeaban, nunca habían logrado encontrar una evidencia válida que le diera una condena real y legalmente justificada.

Debido a las frecuentes violaciones de sus Derechos Humanos, las autoridades del estado y la ciudad de las dos torres, después de mucho tiempo de perseguirlo, habían llegado a la conclusión, de que aquel, no era una persona de temer, y en su reconsideración pensaron indemnizarlo.

No obstante, dentro del comité de hostigamiento, existían sectores que habían contribuidos a darle larga al proceso, buscando la manera de que aquel incurriera en algún error terrenal, que le obstruyera la posible indemnización!

Los gerentes de secta oculta, que lo veían como una posibilidad en su propósito, le habían hecho una oferta que ellos tenían para aquellos a quienes querían atraer, o llevar al interior de su doctrina.

Ellos necesitaban adeptos para su causa; ellos querían limpiar el planeta de demencia y delincuencia, por lo que entrenaban de la forma diseñada, para que "el mundo llevara la ética por dentro".

Lo cierto era que Halcón Emanuel, se mostraba como un ser de mentalidad distinta al hombre tradicional, dueño de una luz que emanaba de su ser, y que impresionaba la visibilidad de los contemplan tés.

Todo esto era un motivo para que ellos intentaran reclutarlo, para emplearlo en su institución, donde devengaría un salario simbólico, que no le alcanzaría ni para cubrir la transportación, al tiempo que reclamaban a sus espaldas, la compensación, que las autoridades de la ciudad de las dos torres consideraran que le correspondería a Halcón, mientras secta oculta la reclamaba a sus espaldas, sin que él se enterara, pero mientras lo hicieran le estarían fingiendo a las autoridades que Halcón estaba enterado, al tanto de todo y que los había escogidos a ellos para que lo representara.

Sin embargo, hacían lo posible, para que Halcón no se enterara de nada.

Resultó, que cuando ya ellos creían que habían montado el fraude, le hicieron un drama donde lo despedían, no obstante, Halcón que conocía los niveles de hipocresía a que ellos recurrían, le había seguido el juego para determinar el propósito de aquellos y a dónde querían llegar.

Había pasado un año antes de que él confirmara, lo que aquellos habían planeado.

Una notificación cibernética donde le ofrecían comprarle su casa, lo había enterado, de que había girado un fraude en su nombre, cuando en realidad él nunca había sido propietario de ninguna casa en la nación del Águila.

Fue entonces cuando Halcón Emanuel, entró en flagrante sospecha, había caído en cuenta del porqué de las actitudes y secretos frente a él.

Al enterarse de que Halcón lo sabía todo, se esforzaron en atraerlo nuevamente hacia ellos, usaron todos sus emisarios nacionales, a fin de que lo contactarán, lo llamaban a toda hora, y él aplicando la técnica aprendida de ellos, les fingía no encontrarse en el área; ya él creía conocer todos los números de aquellos, pero un día, una mujer de un número que el desconocía, le había dejado un mensaje, donde le pedía que le retornara la llamada, y Halcón Emanuel por su condición de hombre al servicio del prójimo, se la devolvió, pero al enterarse que eran emisarios de secta oculta, buscando hacerlo regresar, Halcón le otorgó un no profundo y radical.

Secta oculta fuera de la nación del Águila, era una institución influyente, que tenía facilidades en distintos lugares de la tierra, ellos ponían un grupo selecto de sus miembros a que hicieran- el trabajo sucio, y cuando des fraudaban a la víctima, los adeptos que habían actuado en el encargo, eran trasladados a otras facilidades distantes del lugar donde habían agraviados a sus víctimas.

Ellos sabían la fama de Halcón Emanuel, y entendían que aquel era un sobreviviente natural, y sus acciones, sobrepasaba a las peripecias de la pantera Rosa.

Sin embargo ignoraban su capacidad de presionar.

Como Halcón Emanuel había desarrollado un liderazgo cibernético, cada cierto tiempo publicaba una indirecta, viéndose precisados a tomar medidas que incluían devolverle la casa comprada a su nombre.

Entonces sabiendo ellos que si tenían un adversario del temple de Halcón, y que aquel de algún modo podía hacerle mellas, prefirieron cobrarle el porcentaje estipulado por las leyes, que en ese entonces ascendía a un 10.% por concepto de representación, optando así devolverle, el dinero sustraído.

Debo agregar que para ese entonces, la nación del águila, promovía un sistema que solía retribuir un mínimo porcentaje a la población por concepto de los impuestos retenidos de los salarios, de los trabajadores, por lo que también existían oficinas que se dedicaban a someter las declaraciones de esos impuestos.

Otras instituciones de carácter gubernamental, que se financiaban con los excedentes y aportes de los gobernantes, solían ayudar familias con escasos ingresos económicos, y las ayudas iban desde dinero para el pago de renta, hasta cupones para compra de alimentos

Además otras organizaciones sin ánimo de lucro, que solían realizar actividades en beneficio de la comunidad, el estado tendía a exonerarles los impuestos, y las donaciones que recibieran de los distintos donantes, las enlistaban para deducirlas a la hora de las declaraciones anuales, previa presentación de un recibo diseñado para tales fines.

Durante su estadía en la ciudad de las dos Torres, Halcón Emanuel había logrado crear una fundación, y a pesar de ser una institución incorporada, nunca había obtenido ni propuestas, ni fondos para el desarrollo de sus actividades!!!

Había mucha suspicacias y burlas al derredor de él.

De todos modos, la fundación se mantenía desarrollando actividades moderadas para el propósito, porque mientras los hombres en sus ideales carnales, pensaban en obstruir, Dios en su propósito espiritual, buscaba bendecir.

De hecho, el planeta había estado diseñado para que se dependiera de esa fuerza superior a los sentidos de la humanidad.

Era por eso que Halcón Emanuel, había traído el dolor en su asignación, para la conciencia y la liberación, y había renacido en la felicidad, para la paz.

Él era el intercesor, y solía interactuar en suspicacia, él había atravesado por diversas experiencias, y cuando reflexionaba respecto a las maldades a que había sido sometido, no olvidaba los fundamentos de secta oculta, que se apoyaba en la creencia de que el hombre podía mantenerse en el mejor estado de salud, si lograba externar sus interioridades; eran partidario de las regresiones o confesiones, porque era una forma de explorar el sendero del ser, de manera que el hombre pudiera localizar, el origen de sus malestares o engramas en una de las diversas existencias vividas, y que una vez que se localizara esta raíz, el hombre alcanzaría sin obstáculos, el equilibrio de una vida progresiva.

Todas estas creencias sostenidas como reflexiones de salud mental, giraban en torno a los experimentos que los preceptos indicaban y que los adeptos reproducían, además de ser una forma indirecta de manejar la información personal de cada asociado, por si algún día tenían que entregarlo al gobierno, o tenían que fabricarle un caso, o incluirlo en los futuros planes de esclavitud, poder mantener todo bajo control.

La curiosidad de Halcón Emanuel, se encaminaba en conocer sus ideologías, y con tal propósito se adentró a la lectura de algunos preceptos de sus normas, ensayando los estilos de aplicaciones, con más de un miembro de la secta, sin embargo él notaba que a su derredor se generaba un gran secreto e incluso, descubrió que le habían asignado un compañero para que lo espiara.

Aquel estaría programado para inducirlo a conversaciones determinada, a fin de que fuera a informar a los supervisores, sobre lo que Halcón había conversado.

Así se habían mantenido, en indirectas condiciones hostigan tés, y la ética que insistían que debía estar dentro de los otros, había empezado a desaparecer de ellos, y los aportes que llegaban a nombre de Halcón Emanuel, aparecía cualquiera de los del grupo, los firmaba y se apoderaba del sobre, ya que esos aportes, giraban en efectivos, y eran distribuidos entre los integrantes, de acuerdo a los niveles de escalafón.

No obstante, ellos no podían evitar su nerviosismo, en presencia de Halcón Emanuel.

En cada actividad, que solían organizar, Halcón estaba presente, y aquellos no cesaban de grabarle hasta la respiración, porque esa era la forma de ellos justificarse, a la hora de un conflicto, donde aparecía un in-manipulable, de quien ellos habían logrado recaudar algunas dudosa evidencias, entonces aquellos lo chantajeaban hasta llevarlo al grado de la sumisión, pero Halcón era un libertador, y jamás aquellos tendrían facultad para doblegarlo porque él tenía el entrenamiento natural de Dios, para hacer frente a todo tipo de dificultades,. Por grande que fueran.

Algunos de los imbuidos en la tendencia ocultista sostenían que mientras más vidas se ejercían mayor seria la sabiduría, eran ciertas sus aseveraciones, pero ellos lo decían ignorando las reglas del universo, y que la tierra era un campo de entrenamientos para los espíritus encarnados que en verdad, ignoraban en la carne, y olvidaban todas sus trayectorias existenciales, donde solo algunos de los que tenían un mínimo dominio del plano, se enteraban de algunas escenas de vidas pasadas, y a través de condicionamiento onírico, solían alcanzar revelaciones en la vida actual, sobre vivencias anteriores, pero muy poco lograban ese privilegio en el planeta tierra, porque solo los escogidos traían la facultad del afinamiento captivo.

No obstante, los ocultistas solían ensayar las regresiones, que permitía que los auditados recorrieran caminos en el trance de vidas anteriores, que en el libre albedrio, le permitiera enterarse de los orígenes de malestares y enfermedades en la vida actual, lo que inducia a la referencia que Jesucristo solía esbozar que "quien conociera la verdad, la verdad lo libertaria.

Pero, ignoraban los ocultistas, que la consecuencia del libre albedrio en la tierra, solían recibirlas quienes la habían asumido antes de su nacimiento.

En realidad, el libre albedrio planteaba la opción de forzar el destino, que muchas veces dilataba el propósito de los espíritus encarnados, o de las grabaciones del alma sobre el ejercicio de la existencia terrenal.

La decisiones antisociales, de interrumpir la vida de otro, el libre albedrio la definía como "pecado", y era que el ente encarnado que asesinaba a su semejante, al hacerlo, retrasaba su avance hacia el propósito de su propia existencia.

La biblia había buscado la forma de transmitir esas verdades en la expresión de que "el que a hierro mata, a hierro muere".

No obstante, lo que estaba planeado para una vida, era distinto a lo que debía acontecer con otra, por eso, una interpelación, o una regresión podía tener resultado con algunos dentro del plan de vida asumido, pero no necesariamente, seria exitoso con otros, a quienes solían agravársele los dolores existenciales, ya que el poder del ser, vendría a incrementarse, según las experiencias de las distintas vidas, ejercidas.

Poder que perdían los espíritus, una vez que asumían encarnar para el ejercicio de una nueva vida, y que recuperaban nuevamente, al concluirse la encarnación de la vida terrenal, al tiempo de regresar al plano sublime.

Obviamente, al asumirse el ejercicio de un propósito en la tierra, automáticamente se llegaba desprendido del poder acumulado en su esencia, y solo se conservaba la fuerza que desarrollaría el propósito asumido.

Por eso el que había escogido ser opulento antes de nacer, en el tiempo estipulado en la vida, una bendición natural fluía para facilitarle alcanzar la riqueza, y si había escogido ser pobre, de nada le serviría esforzarse en alcanzar riquezas, algunas.

Por eso siempre, lo que estaba llamado a ser, acontecía de una forma natural,

La auto curación de un malestar natural, se podía erradicar, tan fácilmente que el afectado podía detenerse frente a un espejo y hablar consigo mismo, o con el Dios de su ser!!!

Sin embargo la humanidad estaba diseñada para evolucionar en la esclavitud y la manipulación.

Por lo mismo, cuando un ente iba a contarle su experiencia a un sacerdote, le estaba entregando su cuota del poder asignado para el ejercicio de esa vida.

Someterse a una interpelación, que era algo parecido a la confesión que se le hacía a un sacerdote, aunque inicialmente el confesado se sintiera desahogado, no dejaba de ser una acción de entregar una cuota del poder terrenal, ganado por el espíritu encarnado, a través de las experiencias acumuladas.

Es decir, los maestros encarnados que como el intercesor, habitaban en ese entonces el plano terrenal, sabían, que si la audición o la regresión no habían sido escogidas antes de nacer, las experiencias de otras existencias hubieran podido agravar los dolores o el cargo de conciencia en las acciones del libre albedrio, en la actualidad de su existencia.

Una muestra de ello es que muchos humanos, sufrían de depresión, o solían interrumpir sus vidas a través del suicidio, por no poder sobrellevar las cargas adquiridas, en el libre albedrio.

Es que las acciones de las almas desde su alojamiento en el cuerpo, venían grabando todo lo acontecido en el trayecto de la vida, y el hombre común, ignoraba todo eso.

Por lo que no era prudente que mientras se ejerciera una vida, se hurgara en vidas anteriores, porque hurgar en el pasado, dilataba la expansión del presente, evitando el desenlace del futuro, porque nada debía ni podía, permanecer estático, ni "aún la misma naturaleza.

Cuando se rompe un eslabón, se desencadena el trayecto hacia el propósito, y en la limitación de la tierra, se podía alcanzar el limbo, frente a los delirios de la inconsciencia, y las prisiones de los psiquiatras.

Entonces, todos entendimos que la espiritualidad, es una pauta natural para retro alimentar esa esencia del espíritu, mientras las religiones, habían sido creadas para redirigir la trayectoria del hombre, ya que este había llegado a un estado de condición fanatizante que autoimponían y coartaban la evolución natural, en el ejercicio existencial.

El libre albedrio había dado cabida a muchas cosas, donde los hombres dejaban escapar claramente, las intenciones de sus almas, y las maldades en sus corazones......

CAPÍTULO

DESCARO Y PERSECUCIÓN

Cuestionaba el discípulo: ---- Maestro cuál es la razón por la cual el mundo anda confundido?

Respondió el maestro: ---- Porque la soberbia no es buena consejera, y la ignorancia es madre de todos los males.

"Por tus hechos os conoceréis". Fundamentado en tal expresión, con tan impolutas acciones, bien pudo pensarse que secta oculta, era la madre de la inclemencia, o que era una mafia organizada que se vendía como buena, pero en el fondo era malvada porque de hecho, tenía sus raíces en la maldad, mezclando la ciencia con la hechicería confundía, para justificar su acción de manipulación.

Para ese entonces, secta oculta obedecía a los dictámenes de los hombres grises, los cuales tenían las narices metidas en todas partes del mundo, representando confusión, caos y autoritarismo, y le había llegado la información de que había alguien con la descripción de aquel que sería enviado para interactuar en el propósito, y que parecía diferente a las de más encarnaciones.

Hemos explorados grandes renglones de la tierra y habiendo observado, cómo se comporta el enviado iluminado, con procedimientos que lo diferencian de los otros, nos veremos precisados a observarlo, para después probarlo.

Vio Dios el propósito de secta oculta, fortaleció la fe y el espíritu de Halcón Emanuel, para que no pudieran dañarlo, de forma que aquel atravesara por aquello con la mayor valentía.

En su accionar, secta oculta desplegó, y contactó a sus emisarios para que iniciaran las pruebas.

Su sistema en decadencia buscaba confundir e impresionar a un alma que teniéndolo todo, no necesitó nada.

Y dije: ven échate para acá, no vayan a disparar y a tu cuerpo lacerar, y mirando al cielo hablé con Dios, y con tierna voz le dije yo:

----- Hazme el milagro existencial, que la justicia venga a reinar, y a las maldades a destronar.

No es que esté contra el sistema, pero llegué en hora buena, es que a mí me han fabricado casos medalaganarios, con acciones tan injustas que en sus maldades disfrutan, los que azotan con las fustas, sólo soy un redentor, que pones de mal humor, al sector abusador, que buscando intimidarme, sabotean mis propiedades, e interpretan su justicia para quebrantar mi honor!

Estas tierras son de Dios, y el egoísmo del hombre, ahora me la confundió, no quiero ofender a nadie, ni causar desasosiego, pero el sueño que hoy espero es simplemente un anhelo, y no es que pierda la fe, es que cada día que pasa, son menos los beneficios y el casero se la gasta!

Se había intensificado la persecución de Halcón Emanuel, porque necesitaban hacerlo volver a las filas para justificar antes la comisión de Haciendas, los gastos que se hacían en nombre de él, ya que aquellos amparados en un fraude consumían, unos fondos asignados para Halcón, haciendo creer que aquel, estaba en sus nóminas sin estarlo.

Secta oculta había intentado administrar los fondos de la fundación salvación, que había fundado Halcón, por lo mismo, buscaban la forma de evitar que él prosperara por su cuenta, y recurrían a todos los medios para hacerlo caer, lo provocaban, buscaban la forma de fabricarle historia adversa a su auténtica condición, manipulaban su verdad, fabricando mentiras que lo desacreditaran, entre otras alevosas malicias.

Debido a que Halcón conocía lo que hacían, se negaba a volver, y aquellos, lanzaron sobre él una pandilla que fungía de comité de hostigamiento, para que lo persiguiera de noche y de día, le hicieran sabotaje dañándole su vehículo, buscando amedrentarlo.

Con fachadas de facinerosos se insinuaban, para que Halcón, notara su presencia, y no olvidara que andaban tras de él, y se abstuviera de difundir, los secretos de secta oculta, y lo fotografiaban cuando él estaba distraído, y lo grababan, y usaban radios transmisores y teléfonos celulares para reportar cualquier tipo de acción emanada desde Halcón, y que a ellos le pareciera extraña, desaliñada, o desafiante.

Un día había ido Halcón al aeropuerto, a dejar a un adepto de su causa y a su regreso venia alguien encubierto, manejando un coche al tiempo que hacia un video sobre el desplazamiento de Halcón, y aquel que vio lo que hacían lo alertó en un cuestionamiento:

---- Eah, qué tú haces, acaso no ves que puedes causar un accidente?, ten cuidado.---- Le voceó Halcón.

Entonces el individuo al verse descubierto, se quedó detrás de los demás vehículos, y Halcón prosiguió a donde se dirigía.

El caso era que los muy perversos intentaban jugar con la cabeza de Halcón, presionarlo, y como él conocía las técnicas y la intensión, él no se dejaba.

Un día enviaron uno que lo provocó de muchas maneras, lo insultó con palabras obscenas y hasta quiso golpearlo físicamente, pero al intentarlo Halcón se movió y él se derrumbó, se querelló con la policía acusando a Halcón de haberlo derrumbado, fueron a corte, y lo tuvieron dando viaje por unos meses, pero tuvieron que desestimar el caso, porque aunque lo presionaban a echarse la culpa, Halcón se negaba.

Habían acezado a todos los posibles conocidos hasta dejarlo sin amistades, ya Halcón no tenía en quien confiar.

Entendía él, que la amistad era el equilibrio de la sociabilidad del ser, pero muchas veces, "los amigos se tornaban como los frenos de los automóviles, donde no siempre se sabía si eran buenos o malos, mientras no se tuviera la necesidad de probarlos, en un momento de apuro", pero quien había desarrollado la capacidad de vivir sin ninguno, ya había superado la condición de extrañar a alguno.

La tecnología avanzaba y secta oculta se jactaba de dominarla toda, por eso en más de una ocasión, habían tratado de interferir el teléfono de Halcón, aunque no siempre lo hacían con éxito ya que Halcón lo descubría.

En más de una ocasión lo habían grabado hablando con Fernandito algún tema de carácter familiar, y entre uno y dos párrafos de la conversación, le era repetido por más de dos veces, y aunque Fernandito no se percataba, Halcón entendía a que se enfrentaba.

El planeta se corrompía, los matrimonios se destruían, la homosexualidad renacía, y las muñecas transitaban, y los besos se mostraban entre hombres con hombres y mujeres con mujeres, se confundía la libertad con el libertinaje, sembrando el indicio de que la sociedad estaba cambiando, y no precisamente con valores positivos, y esto indicaba que había un insostenible declive de la moral.

Yo le pedí a Dios que interviniera, impidiendo lo que no procediera, y me reconstruyó en la flor del amor, y renació brillit como una aparición e hizo de mi espíritu, un cuerpo mejor.

Y como intercesor me pronuncié y a Dios clamé:

___ Señor Dios de mi ser, has brotar mi poder, que mis enemigos no puedan golpear ni vencer, que por tu amor, lo que quieran mi mal, reciban al dar, y lo que parezca mal, se me torne en bien, y que la justicia, atraiga la paz, para que la libertad, pueda aflorar.

Entonces, reforzado en el espíritu invité a los cantores de la perversidad, para que canten canciones que edifiquen a la sociedad.

Y dije, señor Dios de mi ser, has brotar mi poder, porque la iglesia no es el edificio, es la fuerza del espíritu que regenera el ser!

Como te amo, como te quiero eres la antorcha de mi consuelo, eres mi luz, mi gran lucero, me siento triste si no te tengo, espíritu de gran amor, ven dame la redención, eres la paz, la felicidad, la grata antorcha que hace brillar.

El poder de liberar mana de tu paladar, el encontrarte me hizo saltar, y en la esperanza te he de aguardar.

Bendecido es tu nombre señor, bendecida la gracia y la intención, y la bondad que hay en tu corazón,

Amparado en tu amor, siento experimentar la más pura, emoción, es la antorcha de la redención.

Es tarea del opresor, escindir la violencia en contra del amor, en cambio yo, para tales instintos, alterno el verbo como el sable, para que cuando los albores del despertar, muestren su respirar, los opresores, comiencen a temblar.

Una acción paradójica era, que aquellos que se enrolaban en las filas de secta oculta, tendían a envejecerse rápidamente, era un secreto que mantenía a sus adeptos sumidos en un letargo, sin que estos pudieran clamar por libertad.

Nadie se movía, solo, porque siempre un espía, andaba tras las huellas de quienes se enrolaban.

En cambio Halcón, que venía comisionado, se mantenía rejuvenecido, precisamente porque su credo era el precepto de Dios: eternidad, salud, y juventud.

Así eran los acontecimientos, secta oculta, bajo las directrices de los hombres grises, solía organizar secciones de invocación a Astarot y al concluir sus adeptos ovacionaban una estatuilla del conde Drácula, y para ello se ponían de pie y aplaudían, existía en la sede central un mausoleo que contenía una enorme figura de cera en una cripta de cristal que mostraba la esfinge del que en vida era y a quien ellos adoraban, que seguía siendo en la estatua de cera.

"Nadie está libre de culpa, para lanzar la primera piedra" y lo cierto era, sin intención de juzgar, que secta oculta, buscaba introducir ética dentro de los demás, no obstante, necesitaba la santidad del espíritu para introducirla dentro de ellos.

Y no siempre ofertaban un servicio, sino era detrás de un beneficio económico.

Su espíritu era un pretexto para atraer y atrapar víctimas, tras una segunda intención, porque aquellos confundían la sabiduría con la malicia, de forma tal, que cuando se chocaban con un manso, a quienes ellos creían inconsciente, buscaban confundirlo, para manipularlo.

Se vendían como buenos y eran malos, porque su manipulación encerraba terror.

Así seguían mostrando todo el esplendor de su opulencia, en sobornos, suntuosas edificaciones, y habilidosas proyecciones donde promovían sus logros, e insistían en la necesidad del consumo masivo de sus productos, que otorgarían sangre sin contaminación, y del agrado de su percepción, donde el consumidor, mantenía su propósito accionando.

Conduciendo a la aberración, que le hacía creer en un mundo mejor donde se confundiera la libertad con el libertinaje; porque ellos eran entre comillas "los profetas de verdad" y se entendiera que todo era vanidad, que no habrían de disfrutar.

Pero como cada acción induce a una reacción, Halcón esperaba la instrucción del Dios de su ser para proceder, él sabía que su misión era vencer, rescatar y restablecer:

_____ Frente al galardón de cada accionar, tu eres el amor, deleite y razón que inspira y despierta, a un mundo mejor.---.

Lo vio y lo escuchó Dios, desde su pedestal, y le sonrió.

Lo cierto era que a secta oculta, no le importaba el bien, ni le importaba el mal, tan solo requería el resultado de su accionar, para que se hiciera, lo que tenía que hacerse, porque para ellos el bien y el mal, eran relativos, y cada uno acabaría haciendo lo que trajera en el corazón.

Pero, ignoraban ellos, que no había acción sin justificación, ni causa sin efecto, y que todos recibirían el galardón, de lo que habían dado.

Secta oculta pretendía ser como el poder detrás del trono, o el galardón del control y concentrar un poderío que influyera en el mundo, por lo que pretendía que lo que alguna vez llegó a llamarse el vaticano, se llamara la vía, con una mujer como sacerdotisa, con todo el grueso de aquellos que fueron sacerdotes, ejerciendo como sus asistentes, y los que estuvieran cualificados, integrarían los cuerpos de seguridad de la religión que se difundiría a través de redes sociales, fundamentadas en aplicaciones tecnológicas, con definidas intensiones democráticas que motivaran el interés de los feligreses, que luego se convertirían en ejecutores de la esclavitud, con asignaciones de trabajo, de cuyos míseros salarios se deducirían el 20 por ciento por concepto de impuestos.

A la hora de sus sesiones cantaban:

Vamos a ver, que vamos hacer, con lo que el barco va a traer, si llegara una doncella o llegara una mujer, todos la vamos a querer, si la asignación es nuestra, nunca tendremos tristeza, porque el amor es nobleza, y reconstruye la vida, a todo costo de esencia, porque con gloria hay presencia, y eso es auténtica ciencia.

Regularmente a sus sacerdotisas, no se le requería el celibato, pero se le prohibía embarazarse.

Los hombres grises eran unos pocos banqueros que habían logrado hacerse acreedores de las fortunas del planeta, por lo que su poderío era tan grande, que los había conducido a hacerse fácilmente de la reserva federal de la nación del águila logrando así infiltrar gran parte de los gobiernos del mundo, y controlar sus economías, secta oculta era la vía de control y manipulación, y para ello, recurrían a préstamos escandalosos, que contribuían a que los políticos se enriquecieran y endeudaran sus países, para de esa forma a través de secta oculta generar conflictos locales, otorgándoles recursos a los políticos de izquierda, del centro y de derecha, así ganara quien ganara, ellos podían infiltrar a sus representantes en las políticas nacionales, e influir en las tomas de decisiones de sus gabinetes, manipulando a los funcionarios, para que en el tiempo dispuesto, obedecieran a sus directrices.

En realidad, los hombres grises aspiraban a imponer a un soberano que gobernara el mundo a través de sociedades globalizadas, y secta oculta vendría a ser la organización imperial de dosificación de los sectores que intentaran encabezar algunas rebeliones.

Por lo mismo, secta oculta no cesaba de montar grandes campañas de publicidad, buscando atraer lo mejor del mundo, para sus centros dispersos en el planeta tierra, por lo que se esmeraban en la construcción de los más excelsos templos de gloria arquitectónica.

De esa manera trataban de deslumbrar a quienes se adentraran a su causa, aunque muchas veces, era una especie de "bacinilla de oro para escupir sangre, para unos, y una jaula de dolor y resignación para otros.

El problema estaba en que Halcón, se había negado a someterse, y nadie antes, se había atrevido a tan indigno desafío.

Ignoraban ellos que aunque la generación elucubrara, en las profundidades de sus visibilidades; no sabría lo que vendría, hasta que no llegara, y de todos modos, tendrían que partir, del proyecto existente.

Es cierto, que quien había nacido para malvado, nunca dejaría de pensar, como aplicar zancadillas, y por lo mismo, optaron por recurrir al juego de la intimidación.

Creyó secta oculta que con sus acciones de bandolerismo, lograría intimidar a Halcón, pero aquellos, se habían equivocado. Era que sus propósitos ocultos, no estaban definidos, por lo que solían hacer lo contrario de lo que promovían, querían limpiar el planeta de malandros y en cambio, ellos muchas veces procedían peor que los indoctos dando la impresión de que no habían logrado introducir la ética, en sus profundidades.

Contrario a los ortodoxos, que entendían que "de todo hay en la viña del señor", aquellos se sentían un grupo élite, que más que dar, estaban dispuestos a recibir, y asiduamente confundían la sabiduría con la malicia, y habían hecho su fuerte, del amedrentar y el manipular, o mejor dicho, querían despojar a su prójimo, pretextando con sarcasmo, y alegando con engaños, eran malvados que parecían bondadosos.

COMO LOBOS TRAS SU PRESA:

Todo se originaba en que dos años después de haberlo separado de las filas, buscaban hacerlo regresar, sin poder convencerlo de que volviera.

Habiendo recibido de Halcón, una radical negativa que lo tornó suspicaces, optando aquellos por escindirle una visible radicalidad.

Ellos andan tras mis huellas, mi esencia es la libertad, mis valores quieren, exhibir como de ellos, y tratan de atrapar a los indefensos, queriendo encadenarlos, cortándoles las alas de sus vuelos.

Yo soy el resplandor de la esperanza, y la luz de las añoranzas.

Soy el equilibrio de los tiempos, que en esencia de Dios, hoy llego a libertar.

Secta oculta es las tiniebla, que busca sembrar la pena, lobos con disfraz de oveja, quieren engullir la abuela.

Los farsantes de los tiempos, los profetas de indirectas--- Alegó el intercesor.

Y por la profundidad de la expresión expresó Dios:

------ Todo lo sé, y hay algo nuevo que puedo hacer, para ampararte y glorificarte con mi poder, yo soy tu Dios que te bendice y te entrega amor, y en cada paso tú vas mirando mi bendición.

Si está dispuesto en el accionar te bendeciré, y en el trayecto de esta existencia te libraré, podrás cantarme tu melodía de cada día y frente a ella mis oídos ejercitaré y te escucharé, yo soy la causa de tu presencia, e inspiro amor a tu corazón, y si te apagara en tu devoción, enciendo el brote de tu pasión.

Y cuando Dios a Halcón le Habló, muy diligente aquel

Respondió:

---- si me entregaras una mujer tendría que ser, la clara gloria de tu querer, porque el amor, es el tesón de liberación.

Es gracia eterna, y es juventud, y esa es la gloria que solamente entregas tú!

Vamos a ver, vamos a ver, si tú me entregas a esa mujer tendrás que ser, la esencia pura de tu querer, que en su mirada entregue el brillo del resplandor del amanecer, y que el latir de su corazón, me anuncie amor.

Y secta oculta que no se perdía una oración de lo que oía, también habló:

Si viene a mi yo te beso, te percibo como a un queso, y te engullo sin pretexto; soy el lobo de tu tiempo.------Redefinió secta oculta.

Debido a que Halcón vivía relativamente en la clandestinidad, buscaban aquellos ubicar su dirección.

Al no saber dónde vivía, y al notar que Halcón no se escondía, optaron por seguirlo, e iban tras sus huellas, querían tenerlo como empleado para poder controlarlo, buscaban arruinarlo, para que dependiera de ellos, para seguir haciéndole creer al gobierno de turno, que Halcón seguía con ellos, para poder justificarse al administrar sus pertenencias, y para tal fin, habían enarbolado al comité de hostigamiento, que fungía como una mafia cimarrona, que ufanándose de valiente, no siempre daban el frente, actuaban desde la sombra, sin que pudieran ser catalogados como asesinos o violentos, aun no se había descubierto que aquellos dispararan sobre nadie, sin embargo, eran especialistas en trabajo sucio, como crear desasosiego y desequilibrio psicológico en sus víctimas al grado de inducirlo al suicidio, para luego presentarse como los salvadores, porque actuaban como el grupo de presión de secta oculta, si, secta oculta bajaba línea al comité de hostigamiento, para el proceso de seguimiento que impidiera cualquier acción de independencia personal, como lista negra, que impidiera la obtención de empleos, sin consentimiento de ellos, o la adquisición de vivienda.

Su influencia era tan grande, que solían decidir cuándo, alguien comenzaba y terminaba en un empleo.

Solicitaban visa y cambiaban el estatus de viajeros a quienes ellos escogían para administrarles la vida, eran como un gobierno, dentro de otro gobierno.

En más de una ocasión, se habían cargado a Halcón, al grado de probarlo como a un niño, y mantenerlo arruinado, hasta que Halcón se interpuso y optó crearse un trabajo por cuenta propia, así pues, en cierta, ocasión la sección de inmigración de la nación del águila, lo había incluido en un listado de deportación y mientras se decidía, le habían dado una documentación provisional, y habiendo Halcón intentado cruzar la frontera hacia la tierra de los toltecas, lo dejaron abordar el avión, fingiendo que todo estaba en orden, lo dejaron partir, y yendo en la línea aérea al llegar a la aduana del aeropuerto del mariachi, fue llamado por un funcionario que por más de una hora, lo sometió, a un interrogatorio, pero que al mismo tiempo se negaba a identificarse frente a Halcón, por lo que nunca le dio su nombre, y sin ningún trámite, le impidieron salir de la aduana, y montándolo en el mismo avión que lo llevó, lo devolvieron a la ciudad de las dos torres, de donde había salido, Halcón Emanuel, pero antes le dijeron :

------ No eres bienvenido, por lo tanto, de la nación del águila viniste, y allá te regresará ---.Dijo aquel.

------ ¿Qué estás haciendo? Me está violando mis derechos, cuál es tu nombre?

----- No tengo que darte información, mi misión es hacerte regresar al lugar de donde viniste.

----- Si es así, permíteme llamar a mi anfitriona.

---- No puedo dejarte hacer nada, mis órdenes son repatriarte, ya te dije que regresará al lugar de donde llegaste, te vas a la ciudad de las dos torres,

Así, lo hicieron, Halcón perdió el dinero del vuelo, y aunque no pudo identificar a ninguno de los implicados, él siempre supo de donde emanó la orden.

En realidad, las pruebas de Halcón, no podían compararse a la de Jesús, pero el, tenía presente, que en el planeta tierra, la esencia era la misma, y lo que cambiaba era la forma, por lo que el mismo solía auto consolarse en la fe, y expresaba en el espíritu de Dios, como para ser escuchado:

----- No importa el estruendo de sus gruñidos, siempre los he controlados desde sus ombligos, y si vinieran fieras, los dóminos, si son como corderos, los abrigos, si vienen a la tierra los destinos, para que todos vuelvan a mi camino.

CAPÍTULO

CONSPIRACIÓN

Halcón siempre había estado en la mano de Dios, y se escindieron grupos que empezaron a interesarse en la vida de Halcón, y unos eran sectarios, y otros radicales, y mientras aquellos lo seguían para enterarse de los planes de Halcón, los cristianos oraban por su protección.

Todos querían acreditarse el mérito de que Halcón les pertenecía.

Habían pasado varios años y algunos de los que no habían quedado satisfechos, se adhirieron a una conspiración fraguada por los grupúsculos al servicio de los ricos para controlar a los pobres, y cuya membresía estaba compuesta por grandes ejecutivos, hasta oficiales de las fuerzas policiales, donde guiados por la hipocresía, habían planeado el asesinato de Halcón Emanuel.

Para el desarrollo del plan, habían aprovechado una convocatoria de la ciudad a un encuentro abierto de líderes de la comunidad, donde Halcón Emanuel había sido invitado; creyeron aquellos conspiradores que ese día seria el momento ideal para hacerlo pagar la osadía de haberlos desafiados.

Ya todo se había planeado, se habían designados seis oficiales que dispararían con armas habilitadas para tal fin, a propósito estaban limadas, y luego se le atribuirían a convictos recién salidos de la cárcel.

Sabiendo Dios lo que estaban tramando contra él, lo encerró en una cobertura invisible para cuando aquellos dispararan las balas rebotaran.

Habían transcurrido quince minutos desde la llegada de Halcón Emanuel, cuando creyeron que todo estaba habilitado, accionaron para disparar, entonces aconteció lo inesperado, las balas habían dado en la línea invisible que Dios había levantado alrededor de Halcón, habían disparados al unísono, pero las balas rebotaban yendo a su lugar de origen, hiriendo a los agentes que la habían disparados, pero algo misterioso estaba aconteciendo, porque además de los que habían caídos, cuatro más, habían sido heridos!!

Las balas también se desviaron.

---- Por qué, lo hiciste? ----- Replicó uno de los heridos.

----- Algo sucedió, ni era tu ni era yo, el objetivo era Halcón, secta oculta lo indicó, sin embargo no murió!!!

Un capitán que escuchó, a la prensa convocó, y anunció, que impostores vestidos de policías, después de conspirar para asesinar a Halcón habían caido bajo las explosiones de sus propios disparos.

Un día después el ejército federal, había invadido los locales de secta oculta, e inició una investigación.

Mientras habitaba el plano contextual, Astarót les solía exhortar, que un tabaco se podían fumar, que en un corto recesillo, les aflojara algún tornillo, que los indujera a fingir, para así poder mentir, reiterando que ellos hacían, tan solo lo que aprendían, pues la ciencia que traían era solo picardía.

De malicia e injusticia, y eso enojaba a Leticia, una chica muy sumisa, ingenua y enojadiza, y la usaban para hacer, lo que decidía el harem, muy difícil de creer pensaba el cabo Miguel.

Era la forma de ser, que había asumido el harem.

Entonces pensó Astarót, que habiendo dictado Dios, lo que el mundo ejercitó, como demonio perdido, debía asumir un camino, que construyó a sus adeptos, un corrompido destino.

Desde ese día, se había girado una orden federal, que sostenía que cualquiera que cometiera un acto de corrupción gubernamental, seria expuesto a los tormentos del destino.

Los tormentos del destino se refería a su propia suerte, ya que para ese entonces, la generación, había descendido tanto en los niveles del libre albedrio, que se habían generados estados de sobrevivencia, donde el que saqueaba al erario público, estaba siendo expulsado a una zona roja, que era un lugar donde todos estaban por su cuenta, y donde los hombres de buena voluntad, se aseguraban de no caer.

Antes de eso, Halcón Emanuel; había invertido el dinero recuperado para desarrollar una fundación al servicios de emergencias familiares, contribuyendo tal acción a que aquel se hiciera más prominente, la fundación que él representaba se había destacado, ayudando y organizando familias, habían propuestos un programa de cuidado infantil que escogía niños desde dos meses de nacidos, que crecían como los niños de la fundación, pero muchos en la ciudad de las dos torres ignoraban que aquel proyecto que Halcón Emanuel representaba, obedecía a los designios del propósito, pues, como habíamos dicho, Halcón, el intercesor, era el escogido de las huestes celestiales, para interactuar en el desenlace de transición de la humanidad, en la renovación del plano y habían quienes ignoraban que él, estaba llamado a ser, el libertador.!!!

En ese entonces, se usaban las religiones para hostigar y provocar a los que no pensaban como ellos, y estando el hombre en la necesidad de encontrar repuesta a las inquietudes de la cotidianidad, muchos se integraban a grupos sectarios aun desconociendo las intenciones, y era que la violencia venia del rechazo y aquellos por la necesidad de sentirse parte de algo, se enrolaban en células violentas.

Algunas congregaciones que eran financiadas por los gobernantes, al recibir fondos estatales solían estar a merced de las directrices del comité de hostigamiento, cuya base se generaba en el centro de propósito planeado por aquellos que habían infiltrados los gobiernos del mundo a través de los partidos, las organizaciones y las religiones, debido a que tal procedimiento estaba en los planes de los hombres grises, que hacía más de un siglo financiaban al mismo tiempo a los sectores de izquierdas y derechas, para que generaran violencias en los distintos renglones gubernamentales del mundo, por lo mismo, quienes aceptaban esos recursos, quedaban comprometidos y vulnerables y a la disposición de los gánsteres económicos, por lo que muchos funcionarios gubernamentales se convertían en fichas de ajedrez, controlados por aquellos. Teniendo que aceptar las sugerencias y designaciones que aquellos le sugirieran y de esa forma cada día esos sectores mantenían el control de los gobiernos del mundo, generando pobrezas, malas administraciones y saqueos, que inducían a la desesperación de las poblaciones.

Cuando se interesaban en algún líder u oponente, buscaban la forma de ponerlos a su servicio, y si estos se negaban, recurrían al comité de hostigamiento para que en cualquier lugar donde se encontraran los señalados o escogidos como víctimas, recibieran una muestra de obstáculos y persecuciones.

Delegando personas que se sumaran al hostigamiento investigando sus direcciones para manipularlos a través del casero o sobornando a los familiares y hasta en los lugares donde estos trabajaban usaban a los mismos compañeros de trabajo para que lo provocaran, le hicieran burlas, por si eran de carácter débil llevarlos a la violencia, para que incurrieran en actos que ameritaran encarcelamientos y si algunos de los que caían en tales condicionantes, eran casados y no se dejaban capturar, recurrían a las esposas, o familiares, sobornándolos y manipulándolos para que los entregaran.

Los sectarios solo pensaban en ellos, y en como esclavizar a los otros, y el intercesor sabía eso por lo que se introdujo en más de una secta para detectar y liberar a los esclavos, él era de las entidades que no llovía sobre mojado, y sabía que habían cosas asumidas en el libre albedrio, que no eran favorables para la mayoría, por lo que entendía que no era propicio ignorar las necesidades de aquellos.

Y decía: la gloriosa gracia de Dios, consiste en ser amor y libertad para la humanidad; y es tanta su hermosura que abrazado por su luz, me percato quien soy yo, y entiendo quién eres tú, y es que el huérfano ve como control, lo que el hijo entiende por protección; en cada mandamiento se oculta el corazón de Dios:

"El propósito de aquel era romper el poder del mundo sobre el corazón del hombre; y decía que el templo era para que Dios influyera entre sus feligreses; sin embargo, el intercesor pensaba que el templo no era el edificio.

Y como pensando en voz alta decía:

----Según es el colchón en que te acuesta, así se manifiesta.

El creía que era mejor ganarse el respeto del prójimo por amor, y no por el miedo emanado del terror.

Tanto había degenerado el mundo, que la ambición del hombre sobrepasaba los niveles de la racionalidad, y quienes poseían el dinero para la justicia, lo usaban para la opresión, muchos estaban tan enfermos que idolatraban sus fortunas o posiciones, y cuando se noticiaban que en alguna nación de la tierra la naturaleza había bendecido ese contexto con algún yacimiento de oro o de petróleo, sin importarles cuan dañado quedara el medio ambiente de esa región, recurrían a la fuerza de su poderío para apoderarse de lo que legal y naturalmente era un patrimonio de la nación, que los poseía, y ataban cargas y esclavizaban a la población extrayéndoles las riquezas, mientras a sus pasos dejaban una estela de enfermedades y muerte.

Conociendo el intercesor todas estas prerrogativas, transitaba por la vida, tras el equilibrio de la justicia que en equidad generara la complacencia de Dios.

Por lo mismo, él no se guiaba ni se expresaba por el discernimiento del hombre, sino por la fuerza y la guía del espíritu; el hombre de esa generación solía crear beligerancia y desasosiego contra su semejante, y se había empeñado en destacar la lucha de lo contrario.

Regularmente al cobarde le encantaba las maldades, por lo que cada vida tenía asignada un comité, de hostigamiento, que en un libre albedrio actuaria según los acontecimientos llamados a desarrollar; el comité de hostigamiento que le tocó al intercesor, creyó que vencería a aquel obstaculizando su trayectoria; pues cuando su misión se definió, aquellos no solo sobornaban a quienes se mostraban como amigos, sino también a las personas que interactuaba a su derredor.

Por lo que en sus disertaciones y convencido de tanta maldad, decía:

----- "Los roedores, son roedores, en las pocilgas y en las mansiones, por lo que no se puede exigir luz, a las almas que asumieron mostrarse como oscuridad, y es que según fuera el pájaro, así sería el nido.

C A P Í T U L O

CRONOLOGÍA

Era verdad que nada estaba llamado a ser juzgado porque "nadie estaba libre de culpa para lanzar la primera piedra", pero en muchas regiones de la tierra, tenían formas culturales y contractuales de proceder y pensar, por lo que el significante y el significado de un grupo, no impactaba de la misma manera en el otro. La vida era intensa y directa con sus diferencias y particularidades.

En realidad el intercesor había estado al tanto de las históricas catástrofes de la humanidad, datando de esos tiempos desde antes de la inquisición, o del periodo de " las cruzadas o guerra santa"; donde mas bien eran justificantes de la oscuridad y la ignorancia para barrer a un altos porcentajes de la humanidad; e inclusive, sabía cómo se iban acomodando los acontecimientos del planeta para pasar de una época a otra, desde las fiestas mitraicas que consistían en unas celebraciones que ovacionaban el nacimiento del sol y que luego acabarían acomodándose a los cultos de la iglesia católica; dando paso al fundamento del nacimiento de Jesús un 25 de diciembre, ligado esta selección a su vez a un ritual que 500 años antes de Jesús, se usara para honrar al Dios Odín, como costumbre originaria en las tribus germánicas, que acudían a depositar regalos en el tronco de un árbol, creyendo que estas ofrendas agradarían al Dios pagano; y debido al alto valor cultural y religioso que en ese entonces significaban.

Estas motivaciones indujeron a la iglesia católica a inspirarse en el origen del árbol de navidad, donde también como lo hicieran las tribus del pasado, así lo continuaría la fe católica, depositando regalos bajo el árbol de navidad, como simbología de agradecimiento al nacimiento de Jesús un supuesto 25 de Diciembre.

La iglesia se expandía en su propósito y además, aprovechaba tal influencia para imponerse en las conquistas continentales, y a su vez expandirla bajo la señal de la cruz, logrando justificar la esclavitud sin rebelión en el nombre del señor, realmente para los tiempos de Jesús en la tierra, la cruz era la más denigrante de las condenas conocidas en la tierra, porque se usaba como estandarte de ejecución para los más peligrosos criminales de ese entonces.

Vio venir Halcón Emanuel una fuerte brisa en su dirección, que había tratado de levantarle el sombrero; al tiempo que aquel tomaba la debida precaución, sosteniéndolo en la mano y caminando en dirección a una edificación que le ofrecía protección, tras de la brisa se agudizó una llovizna, y aquel volvió a su ya iniciada reflexión; una vaga inquietud se cernía en su mirada activa que elucubraba en toda dirección.

Como de costumbre, en él se generaba una vaga inquietud; de pronto vio como un flash, una tristeza general; le habló en silencio a la naturaleza y la lluvia cesó; la orden se había ejecutado con una sorprendente prontitud.

Era un hombre de edad miscelánea en competencia con el tiempo, porque aunque tenía años de haber sido enviado a la tierra, parecía una entidad sin tiempo y sin edad.

Luego volviéndose hacia los que se guarecían bajo el mismo techo de la edificación sonriendo le dijo:

---- Hora de seguir, se calmó la lluvia.

Todos obedecieron en silencio, menos uno de los que interesado en su presencia había optado por retenerlo, bajo el pretexto de un cuestionamiento.

---- Es usted de por aquí ?---- Cuestionó el transeúnte.

----- Si, por qué?.....

---- Tengo la impresión de que lo he visto antes de Ahora, además, lo vi levantar las manos abierta hacia arriba, pronunciar unas palabras y la lluvia que parecía que nunca acabaría se detuvo.---- Agregó aquel.

---- Sí, soy de por aquí ---- Respondió el intercesor.

Después de una larga conversación, el intercesor interrumpió:

----- Ha sido un placer hablar con usted.

---- ¡Oh!.. ¿Se va?....

Halcón Emanuel asintió con un movimiento de cabeza, mientras el hombre se mostró en inmejorable condiciones, una melancólica sonrisa inundó sus labios.

En seguida el intercesor optó por partir, el transeúnte lo imitó, mientras lo seguía ahora con una mirada benévola; dando

a entender que el equilibrio reflexivo había desaparecido, obnubilándole el pensamiento.

En cambio Halcón, seguía pensando que la vida era la incertidumbre de las posibilidades.

Él entendía desde que se anunció la venida del cristo encarnado en Jesús, que la acción de la salvación dejaría esperanzada a la humanidad; y que con su llegada mientras se esperaba una segunda venida, la faz de la tierra se tornaría en otra, y una nueva era surgiría, los humanos no ungidos ni avivados ni redimidos, recibirían la conciencia de Dios, enfocados en los chacras; y una vez que reinara la conciencia divina sobre la tierra, la iglesia apagaría sus luces.

Los comisionados para predicar, ya no tendrían que predicarles a su prójimo, ya que todos estarían dotados de la poderosa presencia yo soy; siendo cada alma en el espíritu, como un sumo sacerdote en el altar del Dios viviente.

Sin embargo, todo eso ocurriría cuando se predicara el evangelio en todo el mundo, precisamente para esos tiempos apocalípticos.

El intercesor había empezado a recibir emanaciones áuricas, que le permitirían escuchar con claridad la voz de Dios, que en lo adelante estaría guiando la trayectoria de su misión en el propósito de redención.

Una nube impulsada por una fuerte brisa, nubló la mirada de aquel, a quien llamaban José Piren mientras un tropezón lo hizo tambalear, al tiempo que lanzaba un grito de sorpresa, y faltándole la fuerza, se desequilibró y cayó.

Ya el intercesor se había perdido de vista.

Traía el intercesor como Moisés y Salomón, habilidades que le permitían hacer un arte de la palabra, y redactó panfletos que fueron del agrado de los lectores de ese entonces, habiendo encontrado gracia en empresarios del sistema que interesados en saber el verdadero sentir y pensar de aquel, se habían adheridos al control que imponía el comité de hostigamiento sobre el contenido de aquellos panfletos, y las acciones realizadas por el autor.

De forma tal, que el mensaje del autor no llegara al mayor número de personas, porque creía tan indigno comité, que tales panfletos, inducirían a una rebelión.

Frecuentemente solían perorar expresiones clericales justificándose como lo hiciera Thomas Fuller, en referencia al espíritu en que "la astucia podía tener vestido; pero la verdad, le gusta ir desnuda"; induciendo a sus feligreses a que no se guardaran ni una pizca de los " pecados" que debían confesar.

De todos modos, la fama de Halcón Emanuel se expandía, y la gente tarareaba la expresión del corazón:

Las aguas llegan, vienen ligeras, y Dios nos otorga la primavera, porque el amor, es redentor, y siempre llega con lo mejor.

Pasan los tiempos y la intensión, más nunca, pasará el amor, y es lo que cuenta para la vida, hacer bondad que nos otorgue paz.

La primavera nos da alegría, y en su frescor trae melodía, y aborta el alma toda nostalgia, y la alegría refresca el día.

Nace la fuerza y la esperanza, con la nobleza de la añoranza.

Estamos listos para llevarte, a los confines del firmamento, porque te amo y porque te extraño, y eres el amor de mi desengaño.

Sin ese amor que me hace vivir, se me confunde hasta el respirar, porque la luz, tú la haces brotar, para que mire mi despertar.

Eres la gloria y eres la paz, y la razón de toda verdad, eres la esencia de la gran causa, que otorga al mundo la libertad.

Sueño de la noche, alegría del día, sueño de la vida, todo es armonía.

Y se esperaba que en cada día, la renaciente paz, se hiciera bondad, y que la felicidad lograda, se consagrara, estos y otros deseos se invocaban, llegando aquellos como plegarias.

Se exponían como versos de ritmo y tono, de equilibrio sonoro, que hablaban al amor con compasión, por los logros de la grata intención.

Querían mostrarle al mundo que existía un redentor con esencia de amor, y decían:

Hoy quiero reiterarles que por su salvación surgió un mundo mejor.

El cristo es la esencia de gloria y amor, todo el que lo porta, es causa y honor, honremos los pasos del gran salvador.

Su espíritu hoy mora, como intercesor, es el redentor, y una nueva era nos otorga su amor.

El intercesor, trae en su mirada un baño de amor, rompe las cadenas trae liberación, y una nueva era nos entrega el honor."

36

C A P Í T U L O

TRAVESÍA

En la década del 90 durante el siglo 20, cuando Halcón abandonó, la nación del folklore, rumbo a la nación del águila, había atravesado por una serie de episodios horroríficos que empezaron desde el mismo momento de su partida.

Habitó durante el primer mes en el estado de la rana, a media hora de la nación del folklore, era el lugar desde donde Ñuñu, le había solicitado la residencia, la cual a pesar de carecer de la intención de continuar con él, lo había recibido, y prestado la debida atención.

En realidad, ellos seguían casados pero ya otros sueños llenaban el corazón de ella, antes de su retiro, Halcón Emanuel comprobó que realmente, él no sería más que un estorbo para aquella, que había continuado el proceso de documentarlo porque ya había sometidos los papeles y no podría echarse atrás, porque los Junior, estaban en el mismo paquete, Dios había permitido de que se diera así, porque ella había sido escogida para tal propósito.

En la primera semana de su estadía él se percató que ella guardaba los documentos de su jefe, y al cuestionarla ella alegó que él se lo había facilitado a fin de que ella hiciera unas diligencias donde él estaba involucrado ya que él había sido el fiador económico para su entrada a territorio del águila, Halcón Emanuel le fingió comprensión pero ya él sabía que ella y su jefe andaban.

Una noche cuando se celebraba una fiesta pagana, ella llegó más tarde de lo habitual aquel que estaba en alerta la vio desmontarse del coche de su jefe, le reclamó, ella se enojó y la suegra que estaba al tanto intervino y lo golpeó, con una cachetada, lo acarició, aprovechó el momento y en la calle, lo dejó, él recurrió a solicitar ayuda, pero los esbirros de la ciudad del rio, se rieron en su cara, ignoraba aquel que en la nación del águila las mujeres hacían lo que querían y aun así, tenían la protección de las autoridades.

Esa noche mientras pensaba afuera de la casa lo que sucedería, un paisano de la nación del folklore se le había acercado cuestionándolo acerca de lo acontecido, se había percatado de todo, y debido a que al otro día el viajaría a la nación del folklore, con el objetivo de conservar la habitación que ocupaba en una pensión que estaba al lado de donde residía ñuñu con su familia, optó por dejarla pagada por un mes, de forma que Halcón Emanuel la ocupara durante ese tiempo, en que él se quedaría en la nación del folklore.

Realmente, Dios cuidaba de su enviado, Halcón Emanuel, había caído en gracia, y debido a su inteligencia fue forjando una cierta fama entre las mujeres, y los habitantes de la pensión, amén de la gracia que lo envolvía.

Se habían completados dos semanas de estar en territorio del águila, y la primera de habitar en la pensión, y una tarde llegó Finí, quien desde el primer momento había quedado bajo los efectos de una pasión, algo extraño había sucedido, Halcón la miró y en cambio ella, se enamoró, finí trabajaba y estudiaba en una de las más prestigiosas universidades del estado, escuchó un poema que a petición de uno de los habitante de la pensión declamó Halcón Emanuel, y ella había quedado tan impresionada que tres días después le pidió mudarse con ella:

---- Sé lo que te aconteció y quisiera ayudarte, yo trabajo y vivo sola y tu presencia me será de gran utilidad, podríamos acompañarnos mutuamente.----- Dijo.

----- Te agradezco la oferta, realmente, no puedo mentirte, estoy por aquí de paso y no puedo ofrecerte nada.--- Dijo Halcón Emanuel.

---- No me importa, es como si mi cariño lo hubiese reservado para ti, yo me siento atraída.

---- Buena condición, yo esforzaré mi amor.--- Indicó, y esa misma tarde recogió su maleta y con Finí se mudó.

Durante el tiempo en que Halcón Emanuel estuvo en aquel lugar, ella que se había conservado, supo de la felicidad, para tres semanas después, conocer la tristeza.

Durante su estadía en la pensión el conoció la historia de los viajeros clandestinos y las desgracias que Vivian en las saladas aguas de los mares surcados, y después, la historia de ella, de cómo había llegado con viajeros indocumentados, y cómo fue tratada por los azotes del sol, la heterogeneidad de las nieblas y la humedad del roció.

Su cariño fue tierno y verdadero, ella estaba dispuesta a abandonarlo todo por seguirlo, más él se negó a que lo hiciera, en verdad no sabía a dónde se dirigía, y no quería que ella perdiera su vida, por perseguir una simple aventura.

Por un instante sintió el alma dispersa y ante el pesar de la aventura, en medio de una trayectoria indescifrable; lo expresó frente a ella para que lo escuchara:

---- En la solemnidad de una melodía, solemos transitar por senda de la vida. Y en el drama de una eternidad, ella encarnó como Sofía, y yo seguía de cerca, ese compás de su melodía; solía escuchar en asiduidad, el clásico sonar de la marimba, que alteraba el renacer de un nuevo día.

Sofía por el contrario entonaba a los clásicos europeos, y lo hacía con acento en inglés.

¡Que enorme diferencia! Ella con la cultura plena del clasicismo inglés, muchas veces entonaba en francés, serena y distanciada.

¿Yo? Pegajoso sobresaltado y alborotado, salpicado de ruidos de atabales nocturnos, de ritmo afroantillanos.

Ella con creencia de ama, yo con conciencia de esclavo; ella que me amaba, yo, que la deseaba.

Y en la beligerancia que trazaba la línea del abismo, se extasió en el amor.

Por amor, renunció a imponerme el yugo de su raza.

Por amor yo cedi, sepultando mi orgullo.

Ella creó la condición de amarme y desearme.

Y me indujo además, de solo desearla, a volverla mi amada.

Y el amor sepultó los prejuicios raciales, y ambos fuimos uno y al mismo tiempo otro, así crecimos en los niveles de conciencia, ella me dio su juventud, en cambio yo le entregué mi experiencia.

Al final aquellas dispersiones se fundieron, y por amor fuimos dos en uno, todo lo mío le agradó, todo lo de ella me gustó.

Las partes se hicieron un todo, y la felicidad, fue mi gran tesoro.

Ahora en el despertar entiendo, que me he de marchar.

Dos lagrimas bañaron sus mejillas, Finí, sintió sufrir, y aunque ella no se serenó, la esperanza renació; estaba marcada para que otro destino libertara aquel camino porque él, no había nacido para complacer al hombre; él sabía que nació en el propósito de ejecutar, la voluntad de su padre, porque de no ser así, quién fuera de Dios, lo llevaría a renunciar de su vida de funcionario esperanzado en la nación del folklore, para aventurarse en tierra incógnita.

Al dejar la ciudad del rio en el estado de rana, se estaba dirigiendo a una granja al norte de la nación del águila, donde a través de un contrato del estado de la rana con los granjeros del norte se desempeñaría como servidor agrícola.

Su partida había trastornado la vida de finí que lloró como si despidiera a un fenecido.

Y luego aconteció, unos meses después, que se había encontrado frente a Ñuñu, que al verla le echó en cara eso de que ella, Finí, no era mujer para un hombre como Halcón Emanuel, y que era seguro que aquel se había acercado a ella porque necesitaba un lugar donde alojarse hasta la hora de la partida.

No obstante, Finí, se había enterado del teléfono de una de las hermanas de Halcón, y todas las semanas llamaba llorando preguntando por él.

En cambio Halcón Emanuel, el intercesor, que había llegado a la granja en tiempo de cultivo, había sido alojado en una cabaña donde lo acompañaban otros individuos que parecían o eran discípulos del comité de hostigamiento, viciosos, tatuados y con ciertas tendencias delincuenciales, y esto inducia en él, una cierta inquietud, precisamente al venir de un lugar, donde nada de eso se veía, y si existía no estaban por donde él transitaba; así era en ese entonces la nación del folklore, y a pesar de sus habilidades e inteligencia, la presencia de esos individuos en su habitad, inquietaba su estadía.

El segundo día de su llegada a aquel lugar, él había salido a una gasolinera para comprar algunos alimentos, y se le acercó un perro con tanto cariño que un sajón que habitaba en aquella área contextual, habiéndole parecido Halcón simpático, buscó la manera de hablar con él, quien le había parecido fuereño, más sin embargo, las lenguas eran diferentes y en vano lo intentaban, pues más ni uno ni otro se entendía.

El sajón era rubio con ojos verdes y recién casado, tanto habían armonizado, que lo invitó a cenar a su casa, le presentó a la esposa, la cual preparó una suculenta cena de brócoli que fue de muchas venturanzas para su paladar, era la primera vez que lo comía, al tiempo que hacían uso de un diccionario de traducción, para poder entenderse.

Al otro día, cultivaron semillas de frijoles, sin embargo el intercesor a la semana sintió que aquel lugar era de pésima condiciones para su estadía y había planeado abandonar el sitio, los compañeros de labores que se habían percatado, planearon hacerles la vida más difícil, él se lo había comunicado a su amigo el sajón, quien le había prometido conducirlo a la parada de autobús ; habían se enterados los tatuados, quienes esa noche conspiraron en convencer a Halcón, el intercesor, quien parecía lo suficientemente ingenuo en ese entonces, para que abriera la puerta del hogar del sajón, a fin de que los tatuados entraran a robar, pero aquel se negó y ellos tomaron represalia y acuchillaron las gomas del camión donde seria conducido a la parada de autobuses.

Desde que su amigo el sajón se levantó, Halcón arrastrando la lengua, le contó lo acontecido, pero nada le impidió que aquel lo condujera a donde iban, llevándolo aún con las gomas pinchadas a la parada, como lo habían acordado, y después que montó a Halcón en la ruta que lo conduciría a la ciudad de las dos torres, el sajón que era ingeniero, fue a los talleres y reparó los daños causados; desde ese día, nunca más, Halcón y el sajón, volvieron a verse.

C A P Í T U L O

LA CIUDAD DE LAS DOS TORRES.

A su llegada se orientó con precaución sobre cómo llegar donde iba, tomó un tren que lo llevó a la parada más próxima a donde se dirigía y de ahí usó los servicios de un taxi que lo dejaría en su destino, el taxista fue el primero en alga rabiarse como si acaso lo hubiese conocido y decía voceando para ser oído por los de más taxistas:

----- EEEh, llegó otro, nuestra gente abandona la nación del folklore.

---- Otro más que sale huyendo, van a dejar el país sólo?--- Agregó otro que escuchaba.

Halcón simplemente sonrió, pero guardó silencio.

Fue recibido por unos parientes que le hicieron gracia la primera semana pero después comenzaron las indirectas, los controles, las discusiones entre pareja, y a la semana se mudó donde una conocida, que lo pretendía como marido, pero a la cual él se había negado a corresponder, porque ella aún permanecía casada con uno de sus mejores amigos..

De todos modos se detuvo en aquel lugar, donde le habían asignado una habitación que quedaba fuera de la casa.

No obstante, su anfitriona, se había refugiado en aquel, y pensaba en cómo lo amaba Ñuñu, y cómo se había desilusionado en esos tiempos cuando Halcón se había resbalado, y embarazado a una chica de otra universidad, una noche de fiesta y confusión y Ñuñu desde entonces le había perdido la ilusión, y Halcón, un joven con muchas pretendientes, no se cuidó y se negó a exigirle un aborto a la chica que había concebido.

habían pasados muchos años desde entonces, y principalmente después de la llegada de Halcón Emanuel, a la nación del águila Y acontecieron muchas cosas, desde unos meses encerrado por haber pasado por un lugar equivocado a la hora equivocada; persecuciones del cesar y sus camarillas, el regreso del espíritu de Jesús para volverlo al padre; la presentación y el consuelo del arcángel miguel; la llegada de nuevos hijos con dos nuevas mujeres, más las disposiciones y desacuerdo de un sistema que equidistaba entre la justicia y la injusticia social.

Halcón Emanuel, había caído en un estado de postración espiritual por los golpes asestado por el hostigador, al grado que había empezado a alumbrar a los Dioses con diversos colores de candiles, y para ello había levantado un altar y había desplegado imágenes sobre el altar, oraba de rodillas y clamaba, en ese entonces empezaron a acontecer cosas insólitas.

Apareció Cristina, una chica del viejo continente con ojos verdes rubia y una edad que oscilaba entre los veinticinco y veintisiete años, había sido enviada por un amigo que le había comunicado la fama de Halcón a aquella, la cual movida por la curiosidad, optó por conocerlo, a su llegada llevaba una flor en su mano y desde que lo vio se la entregó, y lo abrazó saludándolo con un beso apasionado, de manera que si alguien lo observaba de cerca pensaría que se conocían por toda una existencia, también ella era una seguidora de la vena poética de Halcón, quien al recibir la flor, apasionó su corazón.

A través del tiempo él la recordó, no quedó con ella, parecía una estrella, pero ya el destino se había definido, igual que con finí, él estaba indicado y seguiría andando.

---- Veo peligro en sí, sal de este lugar, no está apropiado para ti.--- afirmó ella antes de salir--- Lo abrazó, lo besó y se despidió, ella regresaba al viejo mundo, y aunque tenía la intensión de otro nuevo encuentro, sus premoniciones acontecieron y perdieron el contacto.

Poco después de superar las amarguras iniciales, había querido jugar al empresario y se había dedicado a la promoción de un programa para modelos principiantes y había abierto un concurso para niñas y otro entre chicas adolescentes de exuberantes hermosura, que llegaban de los distintos sectores de la nación del águila, muchas de ellas nacidas ahí y otras, emigrantes de algunas de las naciones del contexto latino del continente.

Se habían ensañado unos facinerosos que operaban en clandestinidad, ciertas operaciones ilícitas, según las leyes del cesar.

Quisieron aquellos establecer ciertas amistades con intenciones maliciosas, con algunas de las señoritas que se habían enrolado en el concurso, y sabiendo que por iniciativa directa de ellos le sería imposible; recurriendo a extender propuestas desfavorables a Halcón Emanuel, quien obviamente se había negado, acarreando malestares de ego en aquellos, que buscando vengarse optaron por reiterar su fuerza, queriendo realizar un intercambio de sustancias prohibida por dinero, siendo sorprendido en el acto por Halcón, quien ipso facto reclamó objetando la acción, y generándose a seguida un conflicto:

----- ¿Por qué estás haciendo tal bajeza en esta antesala que conduce a mi oficina?...... Si alguien los viera, es seguro que pensaría que yo tengo algo que ver con eso ---- Dijo Halcón, Emanuel, buscando mantenerse sereno, porque si se enojaba, su reacción podía causar infarto en aquellos que odiaban el perdón, y paralizar el movimiento físico de los que pretendieran agredirlo; en cualquier circunstancia, él buscaba auto controlarse.

----- El administrador del edificio, nos autorizó. ---- Respondió aquel, poseído por los demonios adeptos del hostigador.

----- Eso no es posible, él no puede hacer eso, porque este espacio lo he rentado yo, y él no puede disponer de mi área.--- Reiteró Halcón Emanuel.

El demonio que estaba en el hombre, lo hizo reaccionar con violencia, y aquel propinó un fuerte golpe en el rostro de Halcón, que a seguida sufrió una breve trasformación y vio que una sombra gigantesca lo envolvía sobresaliendo sobre su cuerpo, y respondió de la misma manera que aquel, sacándolo de la antesala a la calle, dejándolo postrado a la pared, con los brazos abiertos, sin que este pudiera moverse por un largo rato, apareciendo al instante una pandilla de seis personas que rompiendo botellas lo habían rodeado, y solo pudieron atacar, cuando Halcón estaba libre para responder, y fue aquel desarmándolos uno por uno, a patadas y a trompadas, hasta hacer que sus atacantes huyeran de la escena donde se generó la discordia, el último de ellos se apoderó de una silla; él lo confundió y azotándolo con un yudo lo condujo a soltar la silla, al tiempo que lo inducia a correr por donde habían huidos los de más; Halcón quiso perseguirlo, pero optó por detenerse; se volvió y al entrar a la oficina que tenía una puerta de cristal que daba acceso a la calle, uno de los desconocidos se volvió y disparó sobre la puerta haciéndola trizas, Halcón no salió afectado pues cuando el disparo sonó, ya él estaba a dentro, sentado sobre una silla, la bala se había incrustado en un dintel de aluminio, donde había quedado atrapada.

Esa noche llegó la policía y la prensa; él no acusó a los pandilleros, porque de todos ellos, él sólo había visto el rostro de uno.

Uno de los periódicos de ese entonces, reseñó cómo había sido atacado Halcón, un tiempo después el periódico se había ido en banca rota.

Halcón Emanuel, que había conocido a Rous, una chica que lo pretendió desde que lo vio, había sido mudado por aquella a otro condado, con la que se había quedado por tres años.

Durante ese tiempo, se adentró en la vida espiritual con marcada confusión, se bautizó en una sexta que promovía el cristianismo, y en la noche, después del bautizo, en una revelación había visto a Jesús, que llegaba en una plataforma gigante a buscarlo para llevarlo antes el padre, a quien no le había visto la cara pero encontró que era una gran entidad con faltriquera blanca, grande y fuerte, que lo había tomado por el cuerpo, y elevándolo del suelo, lo introdujo por el centro de una vara larga, procediendo a limpiarlo; entonces recordó Halcón que ciertamente," a través del hijo, se llega al padre".

Durante el tiempo en que Halcón estuvo con Rous, acontecieron cosas: trabajó como separador de ropas, midió fuerzas, peleando cuerpo a cuerpo con algún compañero de trabajo, sufrió presiones y hostigamientos de los familiares de Rous, que vivían pendiente de ella, la cual había perdido su marido en un accidente de trabajo, y sus familiares poseídos por espíritus negativos, frente a aquellas presencia se sentían perdidos, y habían optados contactarse con el comité de hostigamiento amen, del interés que los inducia debido a que aquella recibiría una jugosa compensación que sobrepasaba los 225 mil dólares, que era la moneda de algunas naciones en ese tiempo, pero antes de que lo recibiera los celos de aquellos, habían llevado a Halcón a retirarse del contexto debido a los malos entendidos. Al abandonar la casa de Rous, Halcon consiguió un trabajo en la seguridad de un Supermercado, pero el hostigador a través de emisarios del Cesar, continuaba en sus hazañas de persecución; le introdujeron alguien que simulara que hurtaba a ver si Halcón tenía el valor de arrestarlo, con la asistencia de otro hicieron el simulacro, para llegar a ese lugar habían usado a Dian, una amiga de Halcón que también había sido sobornada como Judas con Jesús.

Algunas semanas después, Halcón abandonó ese otro empleo, entonces por primera vez en su existencia escuchó fuera del sueño que una voz en vivo le decía:

---- Tú estás así, por la voluntad del cristo.

Desde ese momento miraba la cara de Jesús en todos los lugares, y después en esa misma noche, dos maestros de alargadas barbas que vestían de blanco le mostraron un libro verde con letras doradas mientras le decían:

---- Este será tu libro.

Al despertar reflexionó sobre el mensaje, unos días después,

Abandonó el condado, había empezado el proyecto de la fundación y aunque era un proyecto de la comunidad, nunca el hostigador había permitido que los emisarios del cesar pensaran en aprobar los recursos para desarrollar el proyecto.

Se mantuvo operando sin recursos ; volvió al condado de las dos torres ingresando a laborar en una tienda de una corporación de electrónicos, mientras estuvo allí, una chica compró un teléfono que él le había vendido y luego regresó con la caja llena de arena, alegando que Halcón se la había vendido así, era una conspiración donde el administrador estaba involucrado con la anuencia de sectores del cesar manejado por el hostigador; que insistían en justificar que Halcón era violento y como aquel, nunca se dejaba por la fuerza del espíritu, aunque sus perseguidores solían recurrir a todo, nada les resultaba contra él.

En esa ocasión había sido atacado detrás del mostrador, él se dejó caer, y asistió al hospital, pudo hacer un reclamo económico, más sin embargo no lo hizo.

Después de Halcón Emanuel, superar una serie de eventos; Dios le había hablado de la llegada de dos Emanueles;(Dios con nosotros), y luego se enteró de que Kady que había traído un varón, traería dos años después una hembra quien había llegado una noche de tensión y dificultades de Halcón, con los emisarios del Cesar,

Reina había evolucionado en el tiempo, y desde niña tenía la habilidad de mostrar su gran inteligencia, y a los 22 años se había recibido como doctora en medicina, había sostenido una amistad con un arquitecto a quien conoció en la universidad, y quienes habían mostrado gran interés en apoyar los programas de la fundación salvación que al servicio de las minorías comunitarias, se había empeñado en desarrollar el intercesor.

METAMORFOSIS

Había Dios hablado con el intercesor sobre su posible regreso a la tierra, y después de aquella conversación una gran brillantez emanaba de la piel de aquel, y por donde quiera que él se desplazara, se manifestaba el cielo en la tierra, de manera que los enfermos sentían la necesidad de tocarlo con la esperanza de ser sanados.

Algo insólito había sucedido, cuando los Dioses primigenio empezaron a llegar a la tierra, en secreto y sin ruido.

Habían llegados en una plataforma gigante en cuerpo de animales, pero desde el mismo instante en que tocaron tierra, se trasmutaban como humano.

Venían en misión de salvación; el planeta debía ser reparado, y a pesar de su mucha ciencia, el ser humano no tenía la comprensión para hacerlo, y es que en su libre albedrio, todas las generaciones habían accionados para lacerar y corromper el habitad; nunca para reconstruir y definir la disposición del propósito.

Como se había establecido, nunca perecerían los que habían asumidos como escudo la cobertura de Dios; y era que cuando algo quería exceder la experiencia, la intención se convertía en vicio, porque todo lo que era exceso tenia tendencia a dañar, forjándose en su esencia, vicio y anacronismo del ser.

Se esperaba un reino de paz, pero eso no llegaría hasta que la humanidad no mostrara la ignorancia a través de su maldad, ya para ese tiempo se oraba para que lloviera pero, no se llevaba el paragua, pero la paciencia de Dios lo inducia a mostrar su bondad, y decía:

---- Te amo como eres y mi amor te conducirá al cambio.

Ya todos habían entendido que cuando Jesús murió con los brazos abiertos, su postura simbolizó que estaba presto a abrazarlo a todos, ya que su ausencia y su presencia, llegaría a serlo todo, y siendo su amor, reiteró ; yo soy el que soy, por la gracia del que es, porque cuando se pierde algo o se pierde a alguien, se deberá proceder con cordura por eso de que con la vara que midiera, sería medido, y siempre sería mejor, ir a la presencia a buscar a alguien, que a buscar algo.

Entonces las pruebas del intercesor se generaban una, encima de otra y cuando se aproximaba el tiempo de ser lanzado, dentro de la misma congregación y a petición del comité de hostigamiento, fue provocado de muchas maneras buscando encontrar un punto débil que lo indujera al enojo, y para ello recurrieron a una de las chicas que estaban haciendo la academia que exigían, antes del lanzamiento, y la pusieron a que dijera que aquel, le había revelado que él se había soñado con ella y que en ese sueño, Halcón Emanuel le había revelado que ella sería la madre de sus hijos, y a partir de ese momento él se sintió tan consternado ante la ignorancia de los hombres de ese entonces, que poco a poco decidió alejarse de todos.

Sin embargo en el lanzamiento, los pastores asistentes habían recibido la revelación del espíritu de que Halcón Emanuel, había sido escogido por Dios para que libertara, si, él era el libertador, a partir de ese momento, se había generado un cambio positivo entre los miembros de la congregación, frente a él, habían definido la actitud hacia él, quien había guardado silencio en lo referente a las pruebas acontecidas.

Sin embargo, el comité de hostigamiento se había aproximado al grupo de alcance donde él se reunía semanalmente, de ahí había regresado a las andanzas entre sectas, organizaciones y religiones, pero esporádicamente solía visitar la congregación a donde el espíritu lo había asignado y donde había sido lanzado, conocía a Venusiano, y a Casilda, los pastores principales, de esa congregación, pero en ese tiempo, no se había producido ningún acercamiento entre ellos, aunque Venusiano, el pastor principal de la congregación, siempre estuvo al tanto de lo que estaba aconteciendo.

El programa de empleo lo había asignado, a un lugar donde se ganara la vida obedeciendo órdenes de personas de menos formación que él, a quienes el comité de hostigamiento había contactado y sobornado a fin de que hicieran de la vida de aquél, una cadena de dificultades, que lo indujeran a renunciar, pero no lograron su propósito, Halcón había resistido.

Cada día al amanecer, camino al trabajo, contemplaba un árbol de laurel, y regocijado veía que una paloma volaba hacia él; Halcón expresaba:----- Eres la tierna musa, la inspiración de mi esplendor, la gloria eterna, la brisa bella que me das amor, la gran dulzura, la tentación, la melodía de mi ilusión.

Y la paloma sobre su hombro lo acompañaba hasta donde abordaba el vehículo que lo conducía a su lugar de trabajo..

Al llegar entró el código asignado a la máquina y apoyó las huellas de su mano derecha, y como había llegado temprano, chequeaba las redes sociales en su teléfono inteligente hasta que sonara el timbre.

El comité de hostigamiento había diseminado en distintos puntos del mundo, diez hombres programados con el mismo nombre del intercesor con licencia para actuar, y todo lo malo que hicieran esos hombres, le sería asignado al que vino más allá de la compresión; lo cierto era que aquellos seres tenían el mismo nombre terrenal de Halcón Emanuel, pero distintos aspectos y huellas digitales, el objetivo del comité de hostigamiento había sido confundir a las masas para que en vez de buscar y seguir al libertador, siguieran a los impostores, ya que de esa manera a ellos le sería más fácil manipular y confundir, el discurso del enviado, inicialmente daba la impresión de que ellos alcanzarían su propósito, pero habían ignorado los poderes naturales que generaría aquel, y que vendrían a distinguirlo, de los hombres tradicionales del plano.

Lo cierto es que habían planeado una conspiración global para generar ataques a grandes y mediana escala con la intención de controlar a los gobernantes del mundo de tal modo que cada país acumulara una deuda tan grande, que no pudieran resistir las imposiciones; ellos habían planeado levantar un soberano en la tierra que corriera un nuevo patrón de esclavitud, por lo que habían instalado diversas sectas a través de las cuales manipularían a la feligresía, ya que llegado el momento generarían un genocidio global que incluyera crímenes de lesa humanidad, asesinando en masas a los sectores prominentes del judaísmo, de forma que no hubiera fuerza económica mayor que la de ellos, que pudieran impedir su propósito.

Habían organizados fuerzas terrenales, y le fue fácil acorralar a la nación del águila, que había intentado intervenir, cuya acción había conducido a una tercera guerra mundial, donde se percibían los países y las aldeas del mundo ardiendo en llama, se generó una lucha de supervivencia donde los hombres ya no resistían la hostigación del hombre; muchas ciudades desaparecían bajo el estrago de las llamas, en los distintos renglones del mundo.

Apareció una visión como un relámpago, y ante la enmarcada ignorancia, la verdad, se tornó ficción, dejando claramente definido que los malvados serian miserables más no misericordiosos, y era que el mundo estaba lleno de gente deshonesta que quería construir sus edificios sobre las cenizas del de los demás.

En cambio Halcón Emanuel, era un sobreviviente de aquellos que resucitaban donde otros sucumbían.

Desde los tiempos primigenios la tierra había sido diseñada para el ejercicio de la existencia encarnada, era el siglo XXI y más del 95% de la humanidad ignoraba que habitaba en un planeta compartido, y los pocos que oyeron hablar de ello, creían que tales aseveraciones, eran propias de la obras de ficción de escritores como Julio Verne, quien para el siglo XIX de la era cristiana; había escrito literatura basada en los tópicos que el alma sospechaba, pero que la mente ignoraba. Por lo que sus obras "viaje al fondo de la tierra" entre otras, se había encargado de difundir lo desconocido desde aquel renglón terrenal, generándose un mito para las post generaciones, que giraban entre la duda y la posibilidad.

Lo cierto era que los remanentes de las primeras generaciones que habitaron en la tierra, habían emigrados hacia el interior del subsuelo para escapar de la guerra, convirtiéndose luego durante la evolución de su proceso en pueblos pacíficos, carentes de religiones y amantes, de los objetos en los que se habían convertidos.

Esas entidades cuya historia se convirtió en mito, habían asumido el verde turquesa como color de la piel, pero todos sabemos que aquello se había generado, por el contacto con las partes oxidadas de los gases que recubren en el interior, las paredes de la tierra, y por el alto contenido de cobre en el agua que habían ingerido.

Su habitad subterráneo, lo hace dueño de un sol brumoso; si, aquellas entidades mitológicas a las que se le nominó como hadas, gnomos, duendes o humanos inmortales, que como tal podrían perecer o pasar de un estado a otro, son los poseedores del dominio de la paz y la tecnología, pero además, poseen la supremacía de la raza dentro de la esfera terrenal; siempre han compartido el planeta, pero su mundo es una comprensión diferente, y aunque habiten en el interior de la tierra, ellos entran y salen a través de portales que los humanos del exterior sospechan pero que muchos aun para ese entonces no se imaginaban, ni lo harían hasta que los cielos se poblaran de la gran luz.

Ellos ayudaron a las entidades de más allá del sol a diseñar los pilotos de la civilización terráquea, y contribuyeron a que se entendiera el propósito de las pirámides que de hecho se habían construidos no para fungir como tumbas, sino como faros para que la humanidad no olvidara el poder de Dios que estaba en cada uno.

Por otro lado, los miembros del comité de hostigamiento en la medida que pasaban los años iban envejeciendo y negándose a creer que el Halcón Emanuel, que ellos conocieron, fuera el mismo que estaban contemplando, pues aquel estaba rejuvenecido, como una entidad sin tiempo y sin edad.

Pero además se hablaba, de cómo se expresaban los milagros a través de aquel, de qué manera muchos de los que habían enfermados, recuperaban su salud, y cómo Dios se manifestó para que los que lo persiguieron llegaran arrepentidos gestionando su perdón.

Halcón Emanuel al verlos llegar simplemente le decía:

----- El Dios de mi ser, saluda al Dios de tu ser, tus experiencias no te condenan, mi Dios no te guarda rencor, y tu Dios te otorga sanación.

Después de estas expresiones, se adentraban en una sección de preguntas y respuestas donde uno y otros repetían el ritual del intercesor, que asumía la postura del auditor, y el quebrantado que estaba siendo auditado, luego de un momento de diálogo, sentía que los demonios que lo poseían lo abandonaban dejándolo en plena libertad.

Crecía la fama de Halcón Emanuel, el intercesor, en lo adelante vendría a disfrutar de grandes consideraciones; pues con la llegada del ejercito de Dios, las luces de la iglesia se fueron apagando, al tiempo que el intercesor experimentaba un pequeño dolor en la pierna derecha, para que no olvidara que andaba como humano en un mundo limitado, pero al aparecer el ejército de Dios, sintiese aquel el empoderamiento, y su ser fue renovado, nuevas células sustituían las anteriores, y notaba se una transformación de cuerpo corazón y alma.

Los seres de su generación veían sorprendidos que algo cambiaba en él, había sobrevivido a los embates de la naturaleza, sin laceraciones, y había dejado de actuar a prisa, era reflexivo y acertado; coincidía con lo que otros pensaban, y andaba delante de los acontecimientos del contexto.

El Dios de su ser, se había desatado; se había auto liberado para liberar.

CAPÍTULO

LA INTERVENCIÓN

La sociedad se había degenerado drásticamente, no todos los amigos eran confiables y había familiares que entregaban y vendían a otros familiares.

En una ocasión unos pandilleros sedientos de dinero habían recibidos un reporte de uno de sus protegidos que había fraguado una venganza, contra un miembro del senado del estado, quien supuestamente en una campaña le había ofrecido una posición de secretario del senado estatal, a cambio de granjearse el apoyo de este, quien a su vez había recurrido a ciertos actos carentes de ética, contra el opositor de ese momento, dándole el triunfo al susodicho senador, quien una vez que había alcanzado la posición no cumplió la oferta, por lo que Edward Bright, había conspirado contra el senador Dan Humphrey secuestrando a su primogénito que a la edad de ocho años estudiaba en un colegio religioso de la ciudad de las dos torres; la pandilla se excedió al grado de secuestrar al profesor y a siete de los estudiantes que aún permanecían en el aula; en un horario después de la escuela.

Los secuestradores estaban reclamando dos millones de dólares.

Había pasado una semana sin que la policía obtuviera resultado.

Una noche cuando el intercesor fue a su descansó, habitual Dios le reveló el lugar donde estaban los niños y la forma en que iría a liberarlo, pero sobre todo le dijo:

---- Ves y Hazlo que yo estaré contigo.---- afirmó Dios.

En realidad, la policía no había obtenido resultado en la búsqueda debido a que la pandilla operaba al servicio de una delegación oficial del asistente del comisionado de policía; en otras palabras, operaba como grupo paramilitar, al servicio del departamento de policía que por década se había encargado de realizar el trabajo sucio; pero en esa ocasión todo estaba sujeto a una guerra de poderes con algunos miembros de la cámara de representantes, y uno de los jueces de la corte criminal.

Era delicada la situación, porque se había suscitado una lucha de todos contra todos.

Siete días después del secuestro, la ciudadanía estaba tirada a las calles, se movilizaban en los alrededores de la alcaldía, presionaban fuertemente para que aparecieran el profesor y los siete niños.

El caso era que a los secuestradores se les había ido de las manos la operación, ellos habían recibidos el informe de que en esa sección de tutoría privada, sólo estarían el profesor Da visón, y Ard Humphrey; el hijo del senador.

Al realizar el secuestro, ellos seguían pensando lo mismo, por lo que al llegar, dos de los hombres se introdujeron al interior del aula, mientras Kart, el tercero se quedó vigilando la entrada.

Arman, el líder de los pandilleros al encontrar al profesor

Da visón, que escribía en un pizarrón unas fórmulas matemáticas, y a Ard el hijo del senador que copiaba, y seguía la explicación, había entrado en confianza, se había desprendido de la máscara y expresándose en voz alta, alertó a los seis niños que estaban en la sala contigua, desarrollando ejercicios de fórmulas evaluativas, que serían las bases para las pruebas nacionales, y quienes por un instante al escucharlos algo atemorizados, habían guardado silencio.

------ Como lo pensamos! Qué bueno que están solos, no traten de hacer nada y no serán lastimados.--- Dijo Arman, el líder del grupo.

---- Pero…. Y qué es esto?---- Cuestionó el profesor Da visón.

---- No es nada, los vamos a retener por un tiempecito, hasta que el senador nos responda, así que quédense quietos.—Agregó Arman.

---- Ahora vamos a amarrarlos……---- Dijo Aubel, otro de los tres.

----- Si, sería conveniente--- Asintió Arman.

Mientras Aubel, curioseaba en la habitación contigua, descubriendo a los niños que se habían agrupados silenciosamente uno sobre otros.

---- Pero… ¿Y qué es esto? … Mira lo que tenemos, salgan de ahí con las manos en alto, y cuidado si gritan.--- Alertó Aubel.

Los seis niños que estaban en la antesala, al escuchar la petición optaron por obedecer, se desplegaron de donde se escondían y pasaron a la sala principal a reunirse con Ard, y el profesor Da visón.

Los niños oscilaban entre las edades de 10 y once años, el menor de todos era Ard, el hijo del senador Humphrey, que recién cumplía los nueve años de edad, era del signo libra, y a pesar de su corta edad, amaba la justicia; él era el objetivo del secuestro.

------ Bienvenidos, niños no sabía que ustedes nos acompañaban, pero ya que están aquí, pasan a ser una parte importante del paquete, pero no se preocupen; creo que ustedes se irán pronto, la bronca es con el senador Humphrey—Aclaró Arman.

---- No sé a qué se refiere, pero creo que hay un mal entendido, yo no puedo permitir que ustedes remuevan a ninguno de estos niños de aquí.---- Exclamó el profesor Da visón.

------ Sssssshhh, y de qué forma piensa impedirlo?-----Cuestionó Aubel.

Ellos no esperaban encontrar a esos seis niños adicionales, por lo que se vieron precisados a retenerlos a todos, al ser la familia de los demás niños altos funcionarios del estado, todo se les complicó al grado que ya hablaban de desaparecerlos, o acusar al profesor de haberlos secuestrados con la intensión de tenerlos de rehenes tras el propósito de pedir recompensa; sin embargo, ellos ignoraban que Dios estaba tras ese acontecimiento.

Había pasado una semana desde el día del secuestro, un edificio abandonado en los alrededores del palacio de la alcaldía, era el recinto donde los tenían para no llamar a la atención.

El lugar era vigilado por dos policías encubiertos, y el escenario contextual estaba integrado de gigantescos arboles de largas ramas, y troncos, cuyo espesor, podían cubrir a un hombre.

El intercesor estaba allí, guiado por el espíritu del padre, que lo llevaba por el sendero que debía transitar, con la instrucción de lo que debía hacer, y decía:

---- Dios bendiga la virtud, soy un rayo de su luz, si alguien se adhiere a mi causa, le otorgaré la salud, yo soy el intercesor, reafirmador de Jesús.

Caminó cautelosamente a lo largo de un corredor que lo conectaba con una casa de dos niveles que parecía estar deshabitada.

Cuando intentó avanzar, le salieron al frente los dos agentes encubiertos que vigilaban la propiedad, quienes sin tiempo para expresarse habían sido mirado a los ojos por Halcón Emanuel, en su rol de intercesor, e ipso facto, quedaron como hipnotizados, el reflejo de un brillo que como chispas encendidas surgían de la mirada del intercesor, les había borrado el pensamiento, dejándolos a ambos con la mente en blanco, y aunque se movían como autómatas habían olvidados qué hacían en aquel lugar.

El intercesor subió al segundo nivel de la residencia, y al empujar la puerta de una de las habitaciones, allí estaba el profesor acompañado de los siete niños, tenían las manos amarradas con cuerdas de nailon, y las bocas cubiertas con esparadrapos.

Algo estaba por suceder, y de inmediato soltó al profesor

Da visón, que ipso facto lo ayudó a desamarrar a los niños, una vez liberados, el intercesor le sugirió guardar silencio, inició la salida de aquel lugar al lado de Ard el hijo del senador y de otro de los niños, que a su vez eran seguidos por el profesor y los otros cinco.

Avanzaron con sigilo cerca de un minuto, al percatarse que el camino estaba libre, el grupo abandonó la estancia, y al salir vieron que al centro del patio, los agentes dormían sobre un banco.

Al abandonar aquellos el lugar, resultó que los agentes despertaron, mirándose entre sí, sin saber lo ocurrido, preguntándose qué había pasado, y cuando volvieron al lugar a donde estaban antes de caer bajo el efecto del sueño, reaccionaron, y vieron que los rehenes habían desaparecidos; el espíritu de Dios, guiaba al intercesor, que se había percatado que los encubiertos los buscaban, realmente, él los había visto a ellos, más ellos no lo habían vistos a él, Por lo que aprovechó para ocultar al grupo detrás de un árbol frondoso.

De ahí seguían viendo sin ser vistos, y al notar que los agentes corrían como locos, tratando de ubicarlos, aprovecharon el paso de una caminata que se dirigía a la casa del senador Humphrey, donde fueron recibidos por los guarda espaldas del senador, quienes los introdujeron a la residencia, mientras aguardaban en el patio la llegada del senador, el intercesor dejó los niños a cargo del profesor, y cuando iba llegando el senador seguido de la policía y la prensa, aprovechó y desapareció.

El profesor era interrogado por la prensa y la policía, quien en pocas palabras rindió detalles de lo acontecido, habló de las acciones del intercesor, que fue a rescatarlos pero a quien nunca antes había visto ; aunque él y los niños habían vistos las caras de los secuestradores, no pudieron identificarlos.

Los niños felices de estar nuevamente juntos a sus familiares, corroboraron las explicaciones del profesor.

Por su parte el senador, que estaba feliz de entregar a los niños a cada uno de sus familiares, se regocijó en convocar una rueda de prensa donde agradeció al rescatista desconocido, el haber devuelto, los niños, salvo y sano, además, aprovechó los medios de comunicación para ofrecer una recompensa al intercesor que como héroe anónimo había devuelto la felicidad a los padres afligidos.

Desde ese momento el intercesor había comenzado a sonar, como ese héroe anónimo a quien todos querían conocer, y quien a pesar de todo, no se había presentado a reclamar nada.

Las influencias contextuales de aquel se fueron expandiendo al grado que ya las grandes instituciones de la nación del águila, se habían volcados a consultarlo, antes de tomar decisiones de envergaduras.

Él había recibido la verdad sobre la significación simbólica de Lilith, Adam, Eva, y la serpiente en el paraíso; él había difundido lo relacionado con los hechos buscando despertar a los dormidos, pero el comité de hostigamiento pensó que aquel tema se le iba de las manos, e iniciaron una búsqueda con la intensión de hablar con aquel.

Un día se comunicó con una central comunicacional, de aquellos que lo requerían, preguntándoles porqué lo buscaban, y aquellos le manifestaron su interés de conversar con él, y en aquella expresión se cimentó su duda, sin embargo el señor que lo seguía de cerca, no dejó de advertirle que debía dar el frente sin temor, porque el iría adelante.

Habían transcurridos algunos años, desde que el comité de hostigamiento en complicidad de una de las madres de unos de los hijos de Halcón habían montado una conspiración para separarlo de Mark, el cuarto de sus hijos, y tenía Halcón muchos años sin verlo, y un día, después del rescate de los niños, azotaba a los inmigrantes un periodo de dificultades, y estaban en un proceso de distribución de alimentos para las familias de escasos recursos, que habían dejado de calificar para la ayuda gubernamental, y se percató Halcón de que Lula, la madre de Mark, atendía una fila donde esperaba ser llamada para recibir la ración correspondiente, y como esa fila estaba bajo la supervisión de él, que en su condición de representante de la fundación agotaba un turno del banco de alimentos, mandó aquel a alguien a que la apartaran de aquella fila, y le llevaran la ración a la dirección donde ella vivía, y como fue sugerido así fue hecho.

Llegado el momento, uno de los empleados del banco de alimentos, a petición de Halcón, la interrogó sobre su familia, y su ubicación, logrando Halcón apersonarse a ella, la cual al verlo no dejo de experimentar una especie de estado de nervio que se vio precisada a controlar, ya que Halcón se había hecho acompañar de un oficial al servicio del programa, viéndose Lula precisada a introducirlo con su hijo Mark, al cual habían desaparecidos durante diez años, y de esa forma había Dios bendecido al intercesor con el reencuentro de su hijo, que al verlo se lanzó sobre él llorando, y luego lo juntó con sus hermanos Reina y May, y después fueron inseparables, de esa forma, Halcón se fue fortaleciendo para afrontar todo lo que se acercara, y después, más adelante, con la llegada de Brillit, pasó a ser de solitario, a hombre de familia.

Algunos solían pensar que aquel hombre de quien tanto se hablaba y cuya fama se regaba como una raya de pólvora encendida, literalmente le estaba obstruyendo sus proyectos, y aquellas conjeturas, indujeron a las conspiraciones.

----- Ese tal Halcón Emanuel, indirectamente está obstruyendo el trabajo administrativo del gobierno, hay que deshacerse de él.---- Decía el capitán Jeffrey Alexander, al asistente del comisionado.

----- No podemos, dicen que es como un Dios, nació primero que nuestros abuelos, y es más joven que nosotros.---- Alegó John Deep.

----- ¿Cómo es eso?....Cuestionó Jeffrey Alexander.

----- Está poseída de una gran fuerza energética; y dice que buscando la meta de la verdad, se presentan caminos que andamos sin saber dónde van, más el espíritu nos conduce al lugar que debemos llegar; por lo que la temperatura y el condicionamiento del día, no debe ser un motivo de indecisión, ya que al final de dónde vas, te aguardas el sol.---- Especificó John Deep.

---- Sea loco, religioso o filósofo, me suena peligroso.--- Dijo Jeffrey Alexander.

----- Lo que sí, puede ser peligroso, seria conspirar contra él.---- Respondió John Deep.

----- Vamos a sostener un diálogo con él.---- Aseguró Jeffrey Alexander.

--- Ya está avisado sobre lo que resultaría una conspiración contra él; por ahora tengo que retirarme pero seguiremos en comunicación, no hagan nada sin avisarme.--- Dijo John Deep, mientras abandonaba la sala.

La prensa había difundido una terrible noticia donde informaba que un grupo terroristas, había atacado en diferentes puntos de Europa, especialmente en la ciudad de Paris, destruyendo algunas vidas y dañando propiedades, este desacierto causaba malestar en Halcón Emanuel por lo que aquel había hecho un pronunciamiento en las redes sociales, refiriéndose a la nación afectada:

"Francia ha sido una chispa de paz y libertad, quienes perpetraron ese horrendo genocidio, son los carceleros de la humanidad, aquellos que en su libre albedrio, han querido imponer la oscuridad, son los mismos, que han sembrado malestar tortura e intranquilidad.

Condenemos la destrucción, que ha cobrado como galardón a los inocentes de la redención; enarbolemos la antorcha de la paz, que traiga a la humanidad felicidad.

Construyamos un mundo mejor, que haga brotar de cada vida un manantial de amor, condenemos el brutal genocidio que golpeó a parís, que la ciudad de las luces viva siempre en ti, y que el mensaje sea que la oscuridad no avanzará, porque la luz se le impondrá.

Todas estas acciones belicosas, habían inducidos a las grandes potencias del mundo a formar una alianza que reafirmara la imposición de sus criterios y hegemonía, tomando represalia contra el terrorismo, bajo acciones coordinadas.

Todo esto había inducido a ISIS, a asumir la responsabilidad de los ataques, al tiempo que amenazaba a la nación del águila con trasladar las acciones terroristas a su escenario en la ciudad de las dos torres.

ANTESALA DEL ANTICRISTO

Ante el levantamiento de los diversos sectores de la opinión pública del mundo, las redes sociales mostraban un auto incendiado mientras la prensa internacional, hacía hincapié en los bombardeos que en ese entonces realizaba Francia, en contra de Siria, lacerando la vida de miles de niños, y cuyos sobrevivientes, llamaban la atención del mundo para que interfirieran para el cese de los bombardeos, que estaba arrebatándoles las vidas, y que las grandes naciones pretextaban que el objetivo era simplemente eliminar al terrorismo.

Así, cuando la población pretendía organizarse para defender sus intereses, algunas de las grandes corporaciones que andaban detrás de las posesiones, lanzaban campañas ante la opinión pública donde se acusaban de terroristas a quienes pretendían defender sus riquezas nacionales.

El socialismo había sido un fracaso porque quienes lo sustentaban se habían contagiados del germen de la ambición, y nunca se había logrado alcanzar la tan sonada igualdad, pues siempre la clase gobernante vivía más cómoda o se quedaba con lo mejor.

Entonces se llegó el día en que la ambición del hombre sobrepasó los niveles del espíritu, y no faltaron quienes se fueran en banca rota para evadir las responsabilidades económicas contraídas, incluyendo a algunos editores, que lo hacían para no pagar a algunos escritores, a pesar de que se enriquecían con las ideas de los autores, hacían creer que los libros no se habían vendidos, o si el contenido de las obras encerraba un mensaje concientizante, aceptaban sobornos, para que la distribución se limitara, y llegara al menor número de lectores.

Esa era una forma de echar a andar el plan esclavizante que tenían los sectores opresores, que "teniendo ojos, hacían como que no veían, y oídos, como que no oían".

Entonces por medio de una visión mostró Dios a Halcón, los planes futuristas del anticristo, y vio aquel la degeneración social de pronto empezaron a casarse hombre con hombre y mujeres con mujeres, ya se había perdido la confianza entre las parejas; las enfermedades estragaban porque pestes desconocidas aparecían, el apocalipsis, se hacía evidente!!

Y una guerra social se iniciaba con pequeñas batallas, y vio que atacaban a la ciudad de las luces, un grupo de terror de nombre "ISIS", como se le había conocido, y que también había amenazado con atacar a la nación del Águila, específicamente a la ciudad de las dos torres, donde se habían tomado todas las medidas de lugar para responder antes cualquier intento, y a pesar de estas medidas estas guerras generadas por los adultos, no dejaban de marcar a los niños del mundo que de algunas maneras se veían afectados, como estaba aconteciendo en ese entonces, a los niños de siria, que al haber hecho conciencia de su realidad, reclamaban al mundo su indiferencia, e inducían a los adultos del Emirato Árabe para que no los dejaran perecer.

Halcón Emanuel,(el intercesor),en los momentos reflexivo se auto cuestionaba:

¿Si las grandezas, son peligrosas, como es que el hombre lucha por crecer?

¿Será cierto acaso que el aburrimiento, el vicio y la necesidad son tres insufribles calamidades que solo la evita el trabajo?

¿Se podrá creer que el fin del hombre es el masoquismo? Porque si el trabajo estropea, por qué le causa el hombre sufrimiento a su cuerpo, a través de él?

Es el trabajo el medio idóneo de sobrellevar la vida?

Y ciertamente, parecía que así era, él estaba harto de religiones y religiosos, cuando se creía liberado, un nuevo paquete de pruebas se le sumaban, y parecían ser tan pesadas que aquellas cargas lo hacían tocar piso, él había nacido para la abundancia, y sin embargo había tenido que probar la miseria, y era que alcanzar la abundancia había sido para él un enorme desafío, era como si los obstáculos hubiesen sido diseñados para que cada vez que alzara el vuelo, algo le cortara las alas!!!

Como antes les había dicho, el comité de hostigamiento, había sido notificado sobre las acciones y trayectoria del intercesor,

habían pasados tres semanas desde aquel día, en que aquellos funcionarios sostuvieron la conocida conversación, y el 28 de abril, había recibido el intercesor una convocatoria de Jeffrey Alexander, subcomisionado de la policía de la ciudad de las dos torres, a fin de que asistiera a un conversatorio abierto, donde se tratarían temas relacionados con las minorías inmigrantes, la convocatoria se había hecho para un 30 de mayo y como Halcón Emanuel había empezado a ser visto como un vocero de los sectores minoritarios, se le había girado esa invitación especial, Halcón soñaba con algo de lo que había acontecido mucho tiempo antes.

Sin embargo, todo obedecía a que se había llegado el tiempo de frustración del comité de hostigamiento, frente a las acciones del intercesor, lo que había llevado a aquellos a conducirlo a una emboscada conspirativa, al aproximarse al área le había revelado el espíritu el propósito de la baja intención fraguada por los perversos, y estando ya frente a los esbirros y con plena conciencia de que aquellos habían planeado asesinarlo, con el poder del Dios de su ser, trazó aquel una línea divisoria sobre el aire, había levantado frente a él un muro invisible que sorprendió grandemente a los hostigantés, pues cuando aquellos quisieron ejecutar la orden de un fusilamiento a traición, varias ráfagas de fuego habían sido dirigidas tratando de asestarlo; de pronto, se escuchó un estruendo. (5)

Si, aquellos disparos, habían causado un ruido ensordecedor, pero no sólo eso, habían revotados sobre un muro, una especie de esfera protectora, invisible a los ojos del hombre, volviendo de regreso a los agresores, quienes al instante cayeron sin alientos abatidos por sus propios disparos.

Ese día la ciudad se había teñido de rojo, con la sangre de sus propios esbirros, quienes habían quedado sepultados en sus intenciones.

Un contingente de hombres sucumbió, muchos de ellos, habían carecidos de interés en instruirse para el servicio, y lo que más les agradaba, eran las tácticas represivas, ya que el entrenamiento para el servicio humanitario, les había resultado, sumamente irritante, en esta ocasión ese recordatorio conspirativo, se había repetido en la conciencia de Halcón, tal y como había acontecido en tiempo pasado, pero en ese entonces, se le había convocado a participar en un foro de inmigración, Halcón había planteado la legalización de todos los inmigrantes que pasaran de cinco años en la nación del águila y que cesaran las deportaciones de todos aquéllos que en ese entonces, tuvieron cumplido los cinco años de haber entrado a la nación del águila y que pudieran demostrarlo, ya que en la nación del águila, había crecido la intolerancia, y era la voluntad de Dios, que en lo adelante, estuviera vigente una ley qué equilibrara la justicia, para que a "quien a hierro matara, a hierro muriera".

De todo lo que el hombre diera, recibiría, la era concluía adentrándose al tiempo donde el plano cambiaria, quien estuviera bajo la gracia se salvaría de lo que la ley traía.

Se había generado un reciclaje natural en la tierra que daría paso a una nueva era.

Por lo que esa noche Halcón soñaba con ese acontecimiento inolvidable, para la historia que leerían las nuevas generaciones, que además incluía la pérdida de las dos espigas que identificaban en todo el mundo dentro de la nación del águila a la ciudad de las dos torres, que sucumbirían ante el capricho de la maldad y la ignorancia de los destructores,

Antes de aquel terrible acontecimiento, en el lado oeste, se habían acordonados decenas de esbirros, mientras en el sur se encontraban los ministros eclesiásticos, en el este, estaba la prensa, al norte estaban los habitantes de la ciudad de las dos torres, se había planeado una especie de ejecución, idéntica a las que el imperio romano enarbolara contra los libertos de ese entonces.

Había un camino abierto por donde entraría aquel que estuviera llamado a entrar; de hecho, al intercesor siempre buscaba la manera de no obstaculizar a su prójimo, sin embargo, a otros no le interesaba lo que los humanos comunes anhelaban, `observó lo acontecido y vio que la gente entraba en pánico, corrían de lado a lado, tropezándose uno con otro, e inmediatamente los miembros de la prensa que estuvieron presente fueron acorralados y le fueron incautadas las cámaras.

El intercesor aprovechando el momento de confusión se alejó del lugar con la mayor precaución.

La alcaldía de la ciudad de las dos torres había decretado tres días de duelo, mientras la ciudadanía quedaba confundida, luego se enteró de que estaba siendo reclamado para un interrogatorio; el caos se había apoderado de la ciudad.

Algunos universitarios, se habían organizados para protegerse de los abusos y violaciones a los derechos humanos, que se generaban viéndose precisado el gobierno estatal a una intervención que daría luz, a lo acontecido aquel día de la explosión.

Durante un tiempo el ejército estatal patrulló en la ciudad de las dos torres, y un día fueron notificados de la reunión y la ubicación de uno de los grupos de activistas que clamaban por el respeto a sus derechos civiles, e irrumpiendo sorpresivamente pudieron contar veinte mujeres y dos hombres, entre ellos, el intercesor, quienes al ser sorprendidos trataron de dispersarse e incluso guarecerse bajo las camas, el intercesor no le quedó de otra que guarecerse allí y mientras lo hacía había cerrado los ojos orando a Jehová el salmo 23 con el propósito de pasar desapercibido antes los ojos de los soldados, pero uno de ellos había propinado un golpe a una tabla desde el exterior de la habitación, quedando cara a cara con Halcón Emanuel, justo para que se entendiera, que lo que más se temía, pronto se aproximaría.

Quedó se aquel mirándolo sereno y silencioso, al tiempo que se llevaba un cigarrillo a la boca, mientras aparecía alguien desde el interior de la habitación, que le sirvió fuego, se trataba de una mujer que dirigía el operativo.

La recién llegada le había entregado a Halcón, un lápiz y una hoja, para que escribiera una acusación sobre la mujer que encabezaba la célula de la rebelión, pero él, estaba centrado en la oración sin prestar atención a la petición, viéndose la comandante precisada a retirarse con sus soldados.

Cuando aquellos se retiraron, aparecieron otras mujeres que se habían ocultados dentro de los armarios, dirigiéndose luego a otro edificio contiguo donde se ocultaban algunos registros migratorios apoderándose de ellos; se asomaron a una ventana que daba acceso al apartamento donde se encontraban y de ahí una de las mujeres que estaba en el equipo de coordinación había pasado los registros a Halcón Emanuel, que estaba al otro extremo de la ventana de uno de los apartamentos del edificio, y quien haciendo un esfuerzo, se había estirado para atraparlos.

Aquellos libros eran de máximo interés, ya que allí estaban registrados los nombres y direcciones de líderes políticos, religiosos, activistas de la comunidad y miembros de la sociedad civil, a quienes secta oculta narcotizarían a fin de introducirles un microchip que le permitiera ubicarlos y vigilarlos de acuerdo a lo que se planeaba con la población, por lo que le serian invadidas sus residencias a fin de drogarlos, mientras dormían para luego introducirles el microchip.

Un somnífero les seria suministrados, con la complicidad de sus propios familiares, y para ello, enemistarían a ciertos miembros de cada familia que podrían ser los hijos, las esposas o algún pariente infiltrado, en los hogares de cada uno de los que estaban en la lista negra en la nación del águila, todo obedecía a una conspiración global que encaminaría a instaurar a un soberano que gobernaría al mundo a través de la cibernética.

Se estaba recurriendo a muchos procedimientos de control en la nación, la junta de control de alquileres, estaba volcada a aumentar los alquileres en beneficio de los propietarios, el dinero había corrompido a muchos líderes y políticos que se vendían al mejor postor; las minorías no tenían defensores insertados en las esferas de poder; pues la mayoría de ellos se habían vueltos demagogos que ofrecían lo que no cumplían; y los pocos que se atrevían a levantar la voz en la tribuna en defensa de estos sectores eran amedrentados con manipulaciones crediticias, y persecuciones políticas; lo que había llevado a los ideólogos del control y al comité de hostigamiento a instalar los microchips, como medidas obligatoria para con todos los habitantes del planeta, incluyendo a los nuevos nacimientos, dando a entender, que el microchip, era algo así como una vacuna mandatario extendiendo tal disposición, de obligatoriedad planetaria, a las naciones que perdían sus soberanías.

En política internacional, se habían tomados las medidas para que todos los países deudores, perdieran sus soberanías, de forma tal que los presidentes pasaran a ser gobernadores, y los países se convirtieran en estados provinciales del gobierno global, de manera que todo volviera a la estructura de lo que una vez fue un imperio que prevaleció en la tierra, que se le conoció como el imperio romano, con la diferencia que en el nuevo orden global todo se manejaría a través de la cibernética

Las tarjetas crediticias en lo adelante, aparecerían exhibiendo el microchip, en la medida que avanzaban los tiempos, las profecías se cumplían', nuevas enfermedades surgían; la oferta de salud, que el sistema ofrecía, incluían medicamentos que no curaban, si no que generaban efectos secundarios que agravaban los males de la población, y nuevas enfermedades surgían, los diagnósticos negativos, reiteraban los males sociales, los médicos se encargaban de introducir enfermedades en las mentes de los pacientes a través de sus habilidosos diagnósticos; en realidad el comité de hostigamiento, había escogido al médico, al policía y al sacerdote, como a tres divinas personas que habrían de implantar el derrotismo, la manipulación y el terror, no obstante dijo el autor, Edgar Allan Poe "que el temor es un puñal de hielo que mata los sentidos y se lleva oculto en la conciencia".

La humanidad reiteraba su miseria, la juventud se tornaba violenta, secta oculta contribuía en su accionar a radicalizar el hostigamiento, Halcón era seguido de noche y de día, al grado de que él se había acostumbrado a ser vigilado, él sabía que su misión se había definido en cada paso del camino, y que todo lo llamado a acontecer, acontecería.

Y aconteció que había Elizondo Emanuel Raquili, recibido el llamado de regreso, un sábado 28 de febrero del año décimo segundo en el siglo XXI de la era cristiana, y dos años después en mayo del año décimo cuarto, se había llorado la partida de Lumy, la cual cinco años después, se le había mostrado a Halcón, bañándose en un rio del futuro, junto a Elizondo.

Lumy como Elizondo, habían abandonados su legado en el plano terrenal, para ese entonces, Halcón Emanuel se encontraba en la nación del águila, por lo que Elizondo a los tres días de su descenso, optó por visitar a Halcón en el peri- espíritu, para despedirse y dejarle algunas recomendaciones, y entendió Halcón el profundo amor de su progenitor terrenal, que aún abandonando el plano, se preocupaba en darle orientaciones.

En cambio, el mundo seguía su agitado curso, los patanes, se habían apoderados de las calles, y obsesionados en su condición, vulgarizaban cada expresión, vomitando, macos y cacatas y otras garrapatas; la educación se volvía aberración y aquellos sin control, atraían la destrucción al hacer un uso negativo de la expresión, afirmando lo negativo, cuando estaban llamados a reafirmar lo positivo, porque de hecho, las palabras eran cimientos edificantes, que debían preservarse para el propósito de la acción de creación.

En realidad, no era lo mismo sonreír que hacer mueca, la sonrisa y la pureza, la da la naturaleza, las muecas son simples tretas, que disfrazan la soberbia, la sonrisa natural, es la belleza especial, que surge con pauta excelsa, que al alma, le da nobleza.

La soberbia, crea la mueca que es sonrisa de tristeza, que al cuerpo busca engañar, solo para aparentar, haciendo creer el bien, para al odio guarecer, dejando brotar el mal.

Hay caminos que deben trillarse, y destino que no han de evitarse, todo lo que ha de pasar, pasará; es mejor que vivamos en paz.

El honor de la humanidad, se encuentra en su despertar, la conciencia debemos elevar, y en dignidad transitar.

Otro nuevo amanecer, por el alma llegará, la espiritualidad poblará a la humanidad.

Las condiciones de la realidad, eran hermosamente humana, y ambiciosamente bella, lo cierto era que habían bufones que creyéndose líderes, se habían dedicado a tumbar polvo, y a hacer chistes crueles, queriendo ignorar, que no habían acciones en el cuerpo, sin el consentimiento del espíritu.

Y que la verdad era la adecuación entre el entendimiento y las cosas, ya que los niveles escatológico, habían sobrepasados

el plano físico, donde todo lo que se veía, era producto de lo que no se veía

Así que usurpaban las reglas preestablecidas, y se guiaban imponiendo sus fuerzas, coincidiendo cada día más, con el caos y la confusión.

El sistema tenía su programación, e insistía en manipular y atemorizar a las poblaciones bajo su control, secta oculta a través del comité de hostigamiento, no cesaban en buscar la manera de que Halcón cayera, y para eso seguía contratando personas, para que lo insultaran, lo provocaran y luego fueran testigos falsos, buscando la forma de crearle a Halcón una cadena de falsedad.

Secta oculta, usaba mensajeros del terror, locos al volante que atropellaban y escapaban de la escena del crimen, para después ser ocultados y justificados con defensores sin escrúpulos dedicados a saquear las recompensas de sus víctimas, manipulando falsedades, que haciéndolas parecer legales sembraban un matiz de honestidad, donde la ética no existía más.

Experimentos turbios de esencia confundida que en los laboratorios eran como tesoros, que no acertaban en las respuestas de la ciencia, y soltándolos al ejercicio de sus intenciones, las voces agoreras le creaban leyendas; como aquella iniciada durante el siglo veinte que se refería a una entidad terrenal a la que solían llamarle " chupa cabras" que había sido una especie de monstruo vampírico que inhalaba la sangre de los animales que encontraba en su camino, y al cual, nunca se le llegó a atrapar, ya que desaparecía de la misma forma como apareció, dejando en incertidumbre a los interactuantes!!!

Entendía Halcón Emanuel, que las variables de lo alto se expresaban en un cielo azul, combinado con varias nubes blancas, y que tal como se percibía de abajo hacia lo alto, así se realizaba el destino de los hombres, con marcada diferencia en cada acción y condición, donde todo podía ser parecido, pero nunca igual.

Tales razones, dejaban la opción de la interpretación a los grupos étnicos, así se había generado la condición de que mientras para los orientales las religiones se percibían como vías para llegar a Dios, algunos occidentales la entendían, como un negocio de sobrevivencia, por eso algunos querían hacer honor a la eternidad en medio de un mundo de limitaciones, y no faltaban quienes hicieran mofa diciendo que una chica de 82 años de edad, "estaba fea para la foto", pero a muchos no les importaba, y clamaban por alguien que en la víspera de sus expiraciones terrenales, le pasaran las manos aunque fuera como hermano!!!

Y decían: no hay que cobijarse en el velo de la hipocresía, sencillamente, "no debemos avergonzarnos de hablar, de lo que Dios no tuvo vergüenza de crear".

SECUESTRO EN LA CUMBRE

Un año antes de la culminación del gobierno de Donatello Thomson, en la nación del águila, las naciones unidas había hecho girar una convocatoria sobre una cumbre presidencial que se celebraría en palestina, cuya agenda seria gobierno global, las armas nucleares, inmigración global, violencia locales, y Jerusalén, capital de Israel".

Sintió Donatello la inspiración de hacerse acompañar por una comisión del servicio secreto y algunos miembros de su gabinete, habiendo pasado los tres años de su polémico gobierno en un asiduo y constante debate sobre los inmigrantes, sin haber logrado determinar el destino de millones de indocumentados a lo largo y ancho de la nación del águila.

Se había convocado una cumbre presidencial en palestina un país ubicado al suroeste de Asia, entre Cisjordania y la franja de Gaza que se encuentra al oeste, entre la costa del mediterráneo y Egipto, ambas zonas están separadas geográficamente por el territorio Israelí.

Vino a llamarse palestina al recibir el nombre de los griegos, y al ser la tierra de los filisteos, tanto los Palestinos como los Israelitas, a través del tiempo se fueron disputando la pertenencia, y por primera vez en la historia de la tierra, se había logrado juntar al grueso de los países que integraban el planeta.

Todo se vislumbraba en el marco de una excelsa maravilla, la inauguración del evento había sido programada para el jueves 12 de septiembre de 6 a 10 pm, y la continuación se acordó para el próximo día, viernes 13 de 10 de la mañana a 7 de la noche.

Debido a la apretada agenda de Donatello como presidente de la nación del águila, la última exposición del día sábado seria de seis a siete, por lo que el embajador de la nación del águila que tenía a su cargo el preámbulo, llegado el momento hizo anunciar la presencia del presidente Donatello, quien ipso facto hizo su entrada triunfar, desde la antesala, donde se encontraba, esperando para su disertación.

Desde el primer momento buscó impresionar al auditorio, y olvidó, que estaba en el medio oriente, y hasta una broma introductoria que aludía a las cabezas perdidas de ciertos dictadores, dejó escapar, sin evitar que algunas risitas guturales sonaran en el auditorio.

Donatello por un instante creyó estar en la nación del águila, y tampoco pudo evitar que se le alzara la rubia moña de pollo guerrero.

Fue directo al tema de Jerusalén, y su exposición había generado inquietud entre los presentes, y sin salirse del tema, se extendió culpando a los grupos radicales del medio oriente de autores y exportadores de la violencia a occidente.

Insistió en que en su condición de presidente de la nación del águila, no apoyaría la instalación de un soberano global, como lo venía proponiendo secta oculta, y pidió a los gobernantes presentes que hicieran más por su gente para que no salieran a perder su dignidad, ni a desequilibrar la economía de occidente.

Mientras aquel disertaba se experimentó una breve condición de inquietud y cuando concluyó, se escuchó una explosión en la parte delantera del auditorio, lo que distrajo la atención de los presentes, dando tiempo a que Donatello y su comitiva fueran sustraídos del auditorio y conducido a un apartado lugar del desierto.

Donatello y cinco de los que lo acompañaban habían sido conducido encapuchados en un contingente de siete vehículos, entre ellos un minibús que parecía una habitación encortinada desde atrás y hasta por los laterales, las cortinas eran de pana color vino, solo la parte delantera se encontraba descubierto, pero de hecho los cristales estaban blindados.

El autobús lo conducía un hombre blanco con lentes oscuros, y parecía pertenecer a una agencia de guía turística.

En esta ocasión Rayi Barú sería el grupo del terror que se atribuiría el secuestro y no tenía otro objetivo que demostrar la vulnerabilidad de la seguridad de la nación del águila y parecía que habían logrados sus objetivos pues fueron muchas las acciones realizadas.

El gobierno federal y los familiares de Donatello Thomson, ofrecían 50 millones de dólares para quien lograra conducir a los servicios especiales al paradero de los secuestrados, entre los que se encontraban además del presidente el senador Dan Humphrey y tres miembros del servicio secreto.

Habían pasados tres meses sin respuesta, hasta que una noche habló Dios en sueño al vicepresidente que se desempeñaba como presidente en funciones y le dijo:

---- Hudson Presley, soy Jehová el Dios de tus antepasados, sé que te has preocupado grandemente la desaparición de la cabeza de tu gobierno, sin embargo ya es tiempo de su regreso, pero solo mi enviado podrá retornarlo sano y salvo.

----- ¿Y quién es tu enviado señor?--- Cuestionó aquel.

----- Se encuentra en la ciudad de la dos torres, se llama Halcón Emanuel, el primero de enero tú harás una carta que enviaras a la dirección que encontrarás en tu mesa de noche, en esa carta le dirás que vaya a verte al hotel donde te hospedarás, y que lleve esa carta para que se reúnan en tu habitación, así instruirás a tu jefe de seguridad para que lo lleve hacia a ti, cuando él esté frente a ti, simplemente diles que el avión y el personal que lo acompañará será un militar de bajo rango, un capitán experto en medio oriente y dos civiles.

Todos estarán preparados para el 15 de enero que es la fecha en que partirán, mi enviado sabrá qué hacer, porque ya él sabe dónde están, y yo estaré con él, traerá de regreso a los secuestrados.

Cuando Hudson Presley abrió los ojos, estaba sobresaltado, recordaba con claridad lo que Dios le había dicho, y su sorpresa se agudizó cuando vio en la mesa de noche, una nota que contenía la instrucción de lo que aquel debía hacer.

Como su padre que era judío le había enseñado a orar desde niño, aquel con lágrimas en los ojos se arrodilló a los pies de su cama y oró, su esposa que dormía, no se percató de lo que acontecía, y el vicepresidente Hudson Presley, lo hizo, como le indicó el señor.

Halcón Emanuel, que había estado instruido por Dios acerca de lo acontecido, acudió a la cita enviada por el vicepresidente, y se reunió con él. Era el 10 de enero del dos mil 21 cuando aconteció la reunión del vicepresidente con Halcón, y el día 15 de enero Halcón volaba con destino al medio oriente, donde fue recibido por el embajador de la nación del águila, y una comisión militar de Irak, que era el lugar donde le había revelado Dios a Halcón, que tenían a los secuestrados.

La comisión militar que lo recibió integraría el contingente que lo acompañaría hacia donde el espíritu lo conducía, debido a la naturaleza de la misión solamente por la franja desértica de la frontera de Irak con Irán, se desplazaban cuatro vehículos, a saber:

Dos de ellos llevaban el contingente militar, integrado por siete soldados, que incluía un teniente y cuatro soldados iraquís, y una yipeta negra que por la polvareda parecía gris, transportaba a la misión de la nación del águila que además de Halcón Emanuel, llevaba a Brillit, su compañera de vida.

En el tercer vehículo se encontraban la primera dama Safira Thomson, el capitán Ralph Ford, el sargento kalph kurk y Tom King, embajador de la nación del águila depuesto en Irak, que se encontraba al volante, era una camioneta 4 x 4 de dos cabinas.

De los camiones militares, iba uno delante, abriendo surco, seguido por el vehículo que llevaba a Halcón y a Brillit, que a su vez eran seguidos por el embajador, y detrás del embajador, iba el camión militar, con los escoltas de Irak

Habían llegado a la frontera de Irán situada al sur de Asia, con el mar caspio al norte, y el golfo pérsico al sur, limitada al este por Afganistán, y al oeste por la llanura mesopotámica de Irak.

Se desplazaron hasta donde había una rara pendiente, y antes de llegar a un lugar que parecía un oasis se detuvieron, el día estaba brumoso, y el sol se mostraba tímido, oculto entre nieblas:

---- Deben esperar aquí, yo debo continuar sólo--- Dijo Halcón.

----- Yo no creo que sea conveniente que siga sólo.---- Replicó el teniente iraquí.

---- Debo seguir sólo, así lo requiere mi señor.--- Dijo Halcón.

----- Se refiere a alláh? ---- cuestionó el teniente.

Halcón lo miró y sonrió: ---- Me refiero al señor Dios de mí ser.

El teniente entendió que no debía insistir, y se resignó en el silencio.

----- Te acompaño amor?---- Cuestionó Brillit.

---- Querida, en mi ausencia tú debes estar al tanto de lo que acontezca, espera aquí con ellos.--- Respondió Halcón.

Ninguno quería que Halcón se presentara sólo al lugar a donde se dirigía, pero él sabía lo que hacía y como le había indicado Dios, así lo hizo.

Caminó en círculo y luego recto, y diez minutos después de donde había dejado al contingente, encontró una garita visible que era la puerta de entrada al bunker a donde lo había llevado el espíritu.

Entró por un laberinto que conducía hacia abajo, y después subió una cuesta, y debajo de la tierra había una ciudad subterránea, custodiada por un fuerte contingente de hombres armados, pero algo extraño sucedió, el espíritu dirigía a Halcón frente a su vista, y ellos no se percataban de lo que acontecía, estaban como hipnotizados e indiferentes.

Halcón giró por un pasadizo y empujó una puerta y de manera increíble, allí estaba el presidente y su comitiva, parecían haber sido bien alimentados durante esos tres meses de estadía, aunque las ropas estaban harapientas, parecía que se habían bañados>

----- Señor presidente, soy Halcón Emanuel, estoy aquí en nombre del yo soy el que soy, Dios de sus antepasados, he venido a rescatarlo.

---- ¿Cómo, lo harás.... estás sólo?----- Cuestionó el presidente con cierta ansiedad.

------ No se preocupe, aunque no vea al ejército, si estoy acompañado, síganme.

El presidente y su comitiva lo obedecieron y anduvieron tras Halcón, y él lo guió a donde había dejado a Brillit, a la primera dama y al embajador.

Cuando la primera dama vio al presidente corrió hacia él, y lo abrazó, lo besó y su alegría, reafirmó que lo quería.

----- Bienvenido, mi querido presidente, durante estos tres meses de tu ausencia, te he extrañado, como nunca antes extrañé alma alguna.---- Expresó la primera dama entre lágrimas y alegría.

Donatello Thomson entre sollozo agradeciendo aquel gesto, agregó:

---- Gracias mi amor, de igual manera, sentí no ser yo, sin ti, estoy feliz de tenerte aquí - --- Dijo.

El embajador le otorgó el saludo de rigor y los militares se cuadraron haciéndole el saludo militar, de todas formas, el presidente era el comandante en jefe de las fuerzas Armadas de la nación del águila, y al intercesor que había regresado con ellos, se le empezó a apreciar desde ese momento, Brillit y el juntaron las manos y reverenciando al Dios de su ser, dieron gracias.

Poco después de saludar a los presentes, el equipo y el presidente, se dirigieron a la embajada de la nación del águila en Irak, donde se bañaron, se cambiaron la ropa, y se sentaron a la mesa donde degustaron un filete a la vinagreta.

---- Estoy muy agradecido que se haya esmerado en rescatarme, todavía no entiendo como los secuestradores no se percataron de su presencia y de nuestra huida.

---- Señor presidente, la gloria es de nuestro guía, el yo soy el que soy.

---- No entiendo de qué me hablas, pero agradecemos a nuestro Dios, la bondad de la libertad. Externó.--- Donatello Thomson.

----- Gracias, Halcón y Brillit, por haberme devuelto a mi esposo, a nuestro regreso les entregaremos la recompensa Dijo la primera dama-- ---- y dirigiéndose a Donatello Thomson agregó: ----- Señor presidente ofrecimos una recompensa de 50 millones de dólares, a quien nos dirigiera a donde te tenían, y ellos te rescataron.

---- Agradecemos, la gentileza de su palabra, pero solo Dios, puede decidir si se acepta esa recompensa o no, por lo pronto lo que importa es, que ya la nación del águila volverá nuevamente, a ver a su presidente.

Todos sonrieron en la estancia, el embajador propuso un brindis por el éxito del rescate, y el personal de la embajada, sirvió cavuasier, algo así como un vino francés, y chocaron copas al unísono.

En la madrugada, un helicóptero aterrizó al interior de la embajada, y a seguida fue abordado por el presidente Donatello, la primera dama, Halcón, Brillit y el capitán, el sargento fue asignado a la embajada, y los de más irían rumbo a un portaviones anclado en aguas orientales, y de donde saldrían en el avión presidencial con destino a la nación del águila.

Cuando el avión presidencial surcó los aires con destino a la nación del águila, eran las 10 de la mañana de un miércoles 22 de enero del año 2021, en la madrugada del jueves hicieron escala en el aeropuerto Charles de Gold en Francia, a donde se abastecieron de kerosene.

Una vez abastecido de combustible, el Air forcé One, que así se llamaba el avión presidencial, se dirigió a la capital de la nación del águila y aterrizó a las 8:45 de la mañana en el aeropuerto Nacional Ronald Reagan, donde fueron recibidos como héroes, y con honores militares.

CAPÍTULO

EL RECIBIMIENTO

Durante el viaje, había Dios revelado directamente al presidente la razón de su secuestro, le habló de Halcón y Brillit, y de la fundación salvación, y cuando de nuevo intentaron entregar los cincuenta millones a Halcón, él se negó a recibirlo, entonces el presidente le dijo que Dios le había hablado directamente a él, y le dijo que los niños eran de él y que por lo mismo, el dinero de la recompensa debía ser entregado a la fundación salvación, para que pudiera abastecerse de espacio físico para albergar a los niños, y adquirir las instalaciones para los proyectos previstos a desarrollarse futuramente.

Una vez instalados en la mansión presidencial, le había solicitado el presidente Donatello a Halcón y brillit, que aceptaran ser sus huéspedes por dos días más, Halcón le hizo saber sobre sus responsabilidades en la ciudad de las dos torres, pero que lo complacería, y en esa primera noche de estar instalado en la mansión presidencial, le había presentado Dios esa misma noche el mismo sueño a Halcón y al presidente Donatello, le había mostrado un mapa de la nación del águila y sobre ese mapa avanzaba una multitud que arrancaba las hojas de grandes libros, y llegaba una brisa y la distribuían por todo el territorio nacional, pero una bestia que veía las hojas como pastos la iba engullendo.

Al despertar ambos tuvieron inquietudes, Halcón lo comentó con brillit, pero el presidente no se lo había dicho a nadie, ni siquiera a la primera dama, hasta que a la hora del desayuno, sentados todos a la mesa, pidió Halcón permiso para dar gracia a Dios por el resultado de su hazaña, y lo hizo, y concluida la acción de gracia, Donatello Thomson despedazó el silencio y contó lo que había soñado.

Halcón que lo había escuchado atentamente, le dijo que eso era una revelación, donde Dios deseaba que él legalizara a los inmigrantes que tuvieran residiendo por más de cinco años en la nación del águila, porque después que el concluyera su mandato acontecerían eventos lamentables.

A partir de esas declaraciones de Halcón al presidente, nadie dijo nada, desayunaron en silencio, y al tercer día, Halcón y brillit, fueron enviados en el avión presidencial a la ciudad de la dos torres, donde la alcaldía también le había preparado un grato recibimiento a la pareja.

Una semana después la nación del águila estaba de fiesta, el presidente Donatello que hablaba de cerrar las fronteras de la nación del águila, había firmado un decreto acelerado donde se tomaba la decisión de legalizar a todos los inmigrantes que pudieran demostrar cuándo y cómo habían ingresados a la nación del águila, lo sorprendente era, que ambos sectores en el senado estuvieron de acuerdo.

Después de todas esas hazañas, y con la llegada de los fondos, la fundación salvación, había activados todos sus programas incluyendo el de inmigración.

LOS ILUMINADOS

El iluminado había dado cuenta de lo acontecido con Halcón, y los otros de la gran hermandad blanca, hacían acto de presencia.

Habían llegado desde arriba, en una plataforma gigantesca, y vinieron en forma de animales, en sus cuerpos primigenios, pero al abrirse la puerta de aquella mole de un metal que parecía acero, se generó una metamorfosis que inducia a la humanidad, y mientras cada animal tomaba la forma de humano se alejaba de la plataforma en la que habían llegado, el león que también se tornó hombre, aproximándose a donde estaba Halcón, le susurró algo al oído:

----- No te preocupes por nada, ya estamos contigo.----- Dijo y siguió andando.

Halcón, algo sorprendido, lo miró alejarse, él sabía que la hora del cambio, estaba en camino.

Y viendo los iluminados que Halcón había sido sometido a pruebas que generaban violencia, fortalecieron su espíritu, para que solo se encontrara al alcance de Dios.

Lo invitaron a una fiesta de reconciliación, y todos se expresaron con muy tierna expresión:

---- Gracias señor, por la compresión, por llevarme en tus brazos con amor.

Los iluminados, recién llegados del espacio, de ese lugar que ellos conocían como las pléyades, donde habitaba el hombre Dios, conservaban la conciencia de sus orígenes, eran Dioses encarnados que tenían el poder de asumir las formas que quisieran, y venían de arriba, y de abajo.

Era un espectáculo inusual, la tierra estaba circundada por diferentes vehículos espaciales, unos que eran como platillos voladores, movilizaban se dé un lugar a otro, y los de más que parecían helicópteros sobrevolaban el espacio, al tiempo que se reiteraba la consagración del intercesor, el escenario se mostraba como la cúpula de un alto edificio.

No había una pauta centrada que indicara a donde iba mi mirada.

Ellos preparaban la acción de la redención, estaban llamados a equilibrar el camino de la justicia, para la trasformación en la liberación.

Eran la reserva del propósito en el planeta tierra, que encausaría la trayectoria de la nueva generación.

De aquella presencia, surgieron los niños de la fundación, que vendrían a ser, abanderados de la paz y la libertad, enfrentando las vivencias sin violencias, la fundación venía a ser una especie de monasterio, que recibiría a los niños de dos meses de nacidos para ser criado y entrenados en las técnicas militares, las artes marciales, disciplinados para el servicio social, con maestros extra terrenos, que en los procedimientos de Halcón Emanuel, se aseguraban de que el futuro de la tierra, estuviera encabezado, por una generación de inteligencia suprema.

La fundación salvación había sido creada por Halcón Emanuel, con el propósito de alejar jóvenes y niños del vicio y la violencia, en la intención de contribuir hacia un mundo mejor, pero Dios tenía un plan particular con los niños de la fundación, pues todos los que llegaran allá serían niños extraordinarios, de grato talento y máxima inteligencia, serian espíritus que habían escogidos nacer en cierta circunstancia, para ir a parar a aquel lugar, porque ellos estaban llamados a ser los integrantes de la generación que continuaría la vida en la tierra.

Entonces la fundación salvación, había empezado a recibir niños de dos meses de nacidos para criarlo hasta los veintiún años supliéndole todo lo necesario, habían conseguidos unas instalaciones físicas para ese proyecto donde habían creados una policlínica para los niños y una escuela desde la primaria, hasta la secundaria de forma que salían preparados para ingresar a la universidad. Las universidades colaboraban con la fundación porque los niños que llegaban, 21 años después salían de allí, como jóvenes de macro conciencia, con una inteligencia indescriptible.

Todos ignoraban que los educadores de la fundación eran maestros de otros planetas, que tenían como misión formar a los niños para el cambio generacional que ocurriría en el planeta tierra.

Aquellos maestros estaban distribuidos en distintos renglones del planeta, y habían llegados en una plataforma gigante, en sus cuerpos primigenios, eran cuerpos de animales conocidos en la tierra, esos cuerpos habían sido sus primeras creaciones, donde ellos se habían introducidos para experimentar y cuando la plataforma se abrió, asumieron la metamorfosis hacia un cuerpo humano, habían llegados a accionar, en el cambio generacional, inclusive instruir a los niños de la fundación y les enseñaban karate técnicas militares, tácticas antiviolencia y los enseñaban a comunicarse telepáticamente, sin tener que abrir la boca, porque las palabras la colocaban en sus mentes.

Se usaba una aula separada donde solo tenían acceso ellos, que vivían al interior de un rio que en ese entonces le llamaban Hudson y un conducto tecnológico le permitía acceder de la nave al aula.

De esa manera la primera promoción de los niños de la fundación que salieron al cumplir los 21 años, se había insertado en prodigiosos cargos públicos desde donde podían equilibrar la justicia, y frenar la corrupción, y la fundación era reconocida y considerada como el proyecto de salvación, para un mundo mejor.

Los hijos de Halcón: Reina, Mark y May, se habían destacados en el servicio, y habían sido escogidos por los maestro como instructores, por lo que llegó un momento en que la fundación se convirtió en el orgullo de todos los sectores, pues fue un proyecto donde moraba la conciencia y la justicia, que se destacó por estar al servicio de la humanidad.

Los primeros egresados se convirtieron en guardianes de la misma, por lo que ellos seguían al tanto de lo que estaba ocurriendo al interior de aquella institución, y de sus salarios aportaban un diezmo que le permitía seguir sosteniendo a los niños que estaban en las condiciones en que estuvieron ellos al momento de ser aceptados, por lo que los guardianes de la fundación llegaron a ser ejemplo para las nuevas generaciones.

Así, cuando Donatello Thomson cumplió el período de su mandato, teniendo el camino trillado para reelegirse, había optado por retirarse de la política, lo que aprovecharon sectores del terrorismo internacional, para invadir a la nación del águila era la primera vez en su historia que la nación del águila atravesaba por algo de esa naturaleza.

Y conociendo los invasores qué significaba la fundación salvación, se dirigieron a la ciudad de la dos torres, e intentaron apoderarse de las instalaciones de la misma, pero los guardianes, expertos en artes marciales, tácticas militares, y técnicas anti-violencia, no escatimaron esfuerzos en capturar a los invasores que integraban una brigada de veinte hombres armados y entrenados para matar, sí, a pesar de tales méritos, habían sido capturados por los guardianes de la fundación, sin que se derramara una gota de sangre, y una vez en posesión de ellos, aquellos fueron remitidos bajo el cuidado del gobierno federal, y de esa manera, le habían andado adelante a las fuerzas especiales y a los servicios de inteligencia.

Los niños de la fundación se criaban en un ambiente de ética, amor y disciplina, libre de drogas, por lo que era una generación diferente.

La fama de Halcón corrió por el mundo, pero algo había acontecido, secta oculta no cesaba de asediarlo, y hurgaba en su pasado, buscando encontrar una evidencia que le sirviera para hundirlo, pero secta oculta ignoraba que Dios estaba con él, y todos lo que intentaban en contra de aquel, se volvía a su favor, y nadie podía con Halcón, y todo lo que Dios había dispuesto, era logrado por aquel, en su rol de intercesor.

CAPÍTULO

EL GOBIERNO DE LA BESTIA

Secta oculta que seguía de cerca los pasos del presidente Donatello Thomson, y que estaba enojada con aquel por su decisión de haber legalizado a 20 millones de inmigrantes, aprovechó la invasión terrorista y promovió la instauración de un soberano.

Para ello insistió en que el colegio electoral convocara unas elecciones cibernética y mediante un fraude electoral dieron por ganador a Jacobson Karts, el cual había sido incluido inesperadamente en la boleta del partido Republicano, para no despertar sospecha del plan fraguado, e iba contra el contendor demócrata Dan Humphrey, que del senado pasó a la candidatura presidencial, secundado por Kart Brown, que iba a la vice presidencia, cuando dieron por ganador al soberano Jacobson Karts, los demócratas quisieron protestar, pero, se hizo imposible, los designios apocalípticos se cumplían y a partir de ese momento se desintegró el senado y la cámara de representantes.

Además, se destituyeron todos los generales y fueron sustituidos por jefes cibernéticos, que comandaban la milicia soberana, era una milicia integrada por robots con rostro humano y cerebros cibernéticos, estaban programados para la inclemencia humana, y eran portadores de cámaras que le permitía reportar a una centrar, los acontecimientos generados por las acciones de su presencia.

El comité de hostigamiento se había convertido en una pandilla desalmada, dedicada al espionaje y a los abusos. Estaba encargado de realizar como grupo paramilitar un trabajo sucio, por lo que al ser presentado el soberano como ganador, las organizaciones sociales se habían lanzados a las calles para elevar protestas de inconformidad, pero en menos 72 horas las masas multitudinarias habían sido sometidas y acorraladas en un hacinamiento donde habían techado las calles con fuertes lonas tendidas en forma de pirámides para que si llovía, el agua se deslizara, llevaron miles de camastros para que los acorralados pudieran sentar el cuerpo, y las salidas de las calles habían sido cerradas con vallas ciclónicas, a partir de ese momento empezaron a intensificar el código, ya no cogían huellas, codificaban un microchip que le introducían y para crearle la sensación de libertad, lo dejaban salir, después de introducirle el código, los que tenían su casa podían regresar.

La milicia cibernética estaba al tanto de todo, y estaba dispersa en todos los lugares del mundo donde el soberano tenía el control, además ella controlaba al grupo élite que protegía al soberano, llamado guardia soberana, algunos oficiales humanos solían acompañarlos, pero la milicia tendía a no confiar en ellos porque pensaba que los humanos eran de mentes inestables, y un día pensaban una cosa y luego pensaban otra.

Con la instauración del gobierno de la bestia se desató una cacería, la democracia ya no sería más, las instalación de los microchips se agudizaron. El soberano inició su gobierno cibernético con un decreto mundial donde declaraba a secta oculta como empresa global que manejaría seres y vidas, y estaría encargada de todo lo referente a política civil y acciones internacionales.

De esa manera, habían gestionados convertir a todos los países deudores en provincia del gobierno global, y a sus presidentes, los hicieron gobernadores, sin que pudieran impedirlo.

En otras palabras, secta oculta era una especie de Gestapo, kremlin, y pentágono, a la vez.

En lo adelante todos los que aspiraran a emplearse, ya fuera en el gobierno o en el sector privado, tendrían que consultar a secta oculta, ellos manejaban la franquicia de evaluación general, ella había sido constituida en monopolio global.

Pues el poder de secta oculta era tan grande, que hasta las cárceles eran corridas por ella, por lo que cualquier acción al respecto, se le debía consultar.

En realidad, ya ellos habían empezados a imponerse en todos los renglones del sistema, el gobierno le pagaba para las evaluaciones y clasificaciones de los prisioneros, aparte de que habían legalizados los burdeles, y sindicalizados a los ladrones, ellos distribuían las zonas y a quién, iban a robar, indicando al mismo tiempo a la policía a quien debían soltar, y a quien iban a apresar.

Visto desde otro renglón, secta oculta se había convertido en un emporio confederado de la globalización, por lo que buscaba la manera de atraer a sus adeptos, y recurría a todas formas de engaños, mostraba brillantes que parecían oro, y alga roba, que eran como flores, y una vez entre ellos se le asignaban pruebas de radicalismo, que para alguno de aquellos eran de dolorosas confusiones.

En una ocasión del periodo de persecución, se transportaba Halcón en un vehículo de los favoritos de los ciudadanos de la nación del águila, y el comité de hostigamiento que se había percatado de dicha hazaña, sin mucha reflexión se lo notificó a secta oculta, que sin inmutarse, autorizó darle un seguimiento a Halcón, discretamente a donde quiera que este se moviera, y dos de los soplones viendo que Halcón había dejado el vehículo en un taller de mecánica, apersonándose donde el mecánico, le advirtieron que en unos días recibiría la visita de unos personajes ilustres, que hiciera lo que ellos le pidieran porque si lo hacía seria bien gratificado, y si no, tendría una serie de dificultades, que le atraería grandes conflictos.

El administrador que estaba boquiabierto con lo que acababa de escuchar, no encontrando otra salida, optó por sabotear, el vehículo, como se lo habían pedido, devolviéndoselo a Halcón como algo normal, Veinte minutos habían pasados, cuando de pronto brotó la avería que habían programados un tranque de la transmisión, y el vehículo no se movía en ninguna dirección, y cuando Halcón lo notificó, parecía un espectáculo de burlas, y para enviar una grúa se tomaron cuatro horas, y era la madrugada del otro día, y durante el periodo de espera, aparecieron lumpenes con más tatuajes que un mapa fronterizo, y aquellos embadurnaban la calle de basura, y todos lo hacían buscando aterrorizar a Halcón, ellos ignoraban que aquel estaba entrenado para tales circunstancias y sobre todo guiado por el espíritu, y llegó un vehículo policial, y aquellos al verlo se echaron a correr, y los esbirros merodearon, y viendo que el vehículo permanecía estático advirtieron a Halcón, para que este tomara medida de protección, estaba oscuro y justo al partir los esbirros, apareció un emisario de secta oculta, buscando la forma de ser visto, y todos estos esfuerzos iban dirigidos a la intimidación de Halcón, en realidad ellos ignoraban que Halcón Emanuel, estaba constituido de la materia primigenia de la creación.

Pero su drama no cesaba y luego enviaron a uno con un reloj brillante y una sortija, con una sacerdotisa de Astarót, y aunque Halcón la rechazó desde el primer momento, era tanta la insistencia del portador, que Halcón para deshacerse de él, se la aceptó y la guardó, por la curiosidad de indagar el propósito de lo que se proponían, y luego después de una secuencia de llamadas y conversaciones con la secretaria del taller que cubría el horario de la noche, apareció una grúa a la cinco de la mañana, sumándose a eso, una serie de dificultades para montar el vehículo que no daba ni para adelante, ni para atrás, hasta que después de una serie de intento lo montaron y luego que dejaron el vehículo, caminaba Halcón, hacia donde se quedaba a dormir, y un miembro del comité de hostigamiento que pasaba en una van, le voceó :

----- Adiós, súper hombre!

Halcón que sabía que a esa hora de la mañana, aquel simplemente lo andaba provocando, lo miró y le hizo un gesto que significaba que lo olvide.

Aquel siguió andando y Halcón se desplazó sobre un puente a la dirección a donde acabaría de amanecer.

Dos meses después le entregaron el vehículo y Halcón procedía con cautela para evitar el terror de secta oculta.

Secta oculta buscaba limpiar el planeta, y en honor al propósito, generaba suicidios que incluían, genocidios o asesinatos masivos, desde públicos concentrados en discotecas, o grandes cantidades de seres asistiendo a grandes conciertos.

A veces lo planeaban en grupo, y hacían desaparecer grandes evidencias que justificaban la participación de muchos, para que la culpa sobre cayera en uno, emulando la causa de Jesús, pero confundiendo el propósito.

De todos modos ellos creían que para que naciera lo nuevo, era necesaria la supresión de lo viejo, por lo que ellos, carecían de compasión.

Astarót, era el Dios de sus cultos, era la genealogía de la emulación vampírica que tenía por costumbre desde esos tiempos de antigüedad, en que degollaban e inhalaban la sangre de sus víctimas.

En cada receso de las enseñanzas de secta oculta, se ovacionaba el culto a la estatuilla de Astarót, y sugerían que quienes desearan fumar la pipa de la paz, que lo hicieran.

Se referían a inhalar una mezcla de cannabis, hoja de coca y tabaco, Halcón que despreciaba ese tipo de práctica, al no ser obligado, simplemente, no lo hacía.

Todas estas acciones, obedecían a los dictámenes de los hombres grises.

Por eso todas aquellas maldades, eran pautas de su propósito, querían transformar la paz y la libertad, en dolor y esclavitud.

Eran adoradores de Astarót, de la genealogía de la adulación vampírica que incluia en la antigüedad degollar e inhalar la sangre de sus víctimas, como fuente energética de su vitalidad, sin embargo en un enfrentamiento con Jehová, Astarót, había perdido el derecho de permanecer en el planeta, por lo que en esa ocasión escapó, y secta oculta y sus seguidores, buscaba un grosor de considerables adoradores, para crear el camino de regreso, no obstante, jehová que amaba el planeta, para que la oscuridad no ganara adeptos que ensuciara la condición de sobrevivencia en la tierra, indujo a que los iluminados dieran seguimientos a los propósitos de secta oculta, para evitar daños mayores.

Durante ese tiempo para asumir la condición de adeptos de la causa, tenían que pasar la prueba que consistía en que los encargados de mantener el propósito trabajando, le pidieran a los adeptos traicionar a sus compañeros, hermanos, padres e hijos, era la asignación, y quien se negara a perseguir, seria perseguido.

Los inmigrantes de la nación del folklore, eran personas más ruidosas que bravas, adeptos de la xenofilia, y siempre prestas a obedecer. Frecuentemente, eran mandaderos de tercero, amantes de las dadivas y las limosnas.

De la nación del folklore provenía Halcón, pero por sus modales refinados, se distinguía de sus paisanos, él era educado, procesado, y poco atado a las tradiciones.

Un hombre de mente abierta, conforme al corazón de Dios, amante de la justicia, y como tal, no era de los que se dejaba, por lo mismo estaba presto a enfrentar las pruebas de la vida, con grata valentía.

Frecuentemente le advertía a los abusadores, con claridad de expresión:

---- Ya cristo murió por todos, no es necesario que el cristiano, vuelva a ser crucificado, todo evoluciona, nada es estático y cada generación trae su asignación.

Siempre dispuesto a responder a los cuestionamientos, se lo dijo, porque aquellos buscaban manipular, su condición existencial.

En realidad, Halcón estaba acostumbrado a hacerle frente a las más tensas y radicales pruebas, y a pesar de su sensatez, nunca estaba muy presto a hacer, lo que el hombre tradicional hacía, secta oculta despreciaba a los tercos, y él era poco amigo de hacer, lo que el otro quería, por lo que los primeros 25 años en la nación del águila, vivía de corte en corte, la asidua persecución contra él se hacía evidente, y el no poder controlarlo, amargaba a secta oculta por lo que el comité de hostigamiento, no cesaba de andar tras de él, y trataban de absorber la fundación salvación ofreciéndole un empleo a Halcón, y porque él se negaba trataban de bloquearle todos los proyectos que pudieran generarle ingresos económicos, y violarle sus derechos humanos. Mientras intentaban manipularlo, no cesaban de provocarlo, y bajo el financiamiento de los hombres grises, no se detenían y cuando otros sectores los veían como espantosas aberraciones, ellos resistían tales envestidas, y cuando Halcón creía que se habían olvidado de él, ahí resurgían con el ímpetu de la necedad, persiguiéndolo, andando tras sus pasos.

No podían lograr nada de él, porque Halcón era como un Dios hombre en la tierra y poseía la fuerza del padre y del Dios de su ser, y ellos no tenían poder sobre él, estaban de frente al libertador.

Además, Halcón que venía comisionado, era fortalecido en el camino, se mantenía rejuvenecido, porque su credo era el precepto de Dios: eternidad, salud y juventud.

Y estaba fortalecido como un búfalo, ennoblecido como un rey, y definido con laureles, y sostenido como a un roble.

Como águila, me ha dejado captar entre las multitudes, conquistando los tesoros de su gloria, se solía expresar, rimando el paladar:

----- Aunque parezca ausente, siénteme en ti presente, pues te amo con cariño, y aunque no está conmigo, te porto en mi destino.

La libertad de amar surgirá al despertar, y de ti escucharé, que yo soy tu querer, esa será la paz, de un nuevo despertar.

Yo seguiré aguardando la promesa divina, pues Dios te ha preservado para estar en mi vida, atiza tu presencia, y erradica tu ausencia, para ganar la gracia, que tu guarda en tu ausencia.

Eres razón de existir y aunque tú no lo percibas eres chispa de mi vida, eres gloria y armonía, que define la esperanza, y la bondad que nos enlaza.

La intención del existir, la espera del porvenir.

Sonrío en la sonrisa de tus labios, gloriosos y taciturnos, me edifico en la estirpe de tu ser, y aguardo renacer en tu querer!

EXPECTACIÓN

Habían pasados varios años cuando secta oculta había absorbido a los descendientes de la nación del folklore, de forma tal que operaban como esclavos, pues ejercían control sobre aquellos, al grado de asignarles la realización del trabajo sucio, fungiendo de hostigantés entre otros tantos menesteres, y mucho de ellos no sabían cómo escapar de tan terrible trampa.

Halcón se mantenía sereno, esperando el dictamen de Dios.

Se le había dotado con la licencia del espíritu para captar y conducir multitudes, por lo que se le había entregado la estrella y el pez, lo que le permitía desatar en la tierra, lo que se le había asignado en el cielo.

Ocurrió que debido a que Halcón se negaba a aceptar su propuesta, secta oculta había optado por encarcelarlo, y enviándole un miembro de su cofradía, a que lo provocara, insultándole con palabras soeces, y tratando de agredirlo, en el intento, aquel perdió el equilibrio cuando Halcón se movió, y corrió y se quejó frente a la policía contra Halcón, haciéndole un reporte de agresión, que lo mantenía yendo a corte, y negándose Halcón a aceptar los cargos que querían imponerle, al no haber suficiente evidencia para condenarlo, y los fiscales de secta oculta que tenían grandes influencia en el gobierno, pidieron al juez extender el tiempo de corte, para ellos ganar tiempo, a ver si lograban fabricar algunas evidencias contra Halcón, y al ver que se acercaba el tiempo dado por el juez, buscaron la forma de forzar una condición, por lo que mientras Halcón conducía su vehículo, fueron siguiéndolo, y aprovechando un semáforo, cuando Halcón se detuvo, lo chocaron por detrás, y cuando él se bajó a verificar los daños causados, un menor a quienes habían drogado y que estaba fuera de control; había sido enviado para que lo agrediera, y el menor fue y lo atacó, propinándole dos puñetazos en el rostro, pero Halcón ni se inmutó.

Nadie había osado, tocar a Halcón, y sabiendo él, que el otro caso estaba pendiente, si reaccionaba defendiéndose, automáticamente, aun siendo en defensa propia, le fabricarían evidencias para encarcelarlo.

Y recordó Halcón: "Si fuera golpeado en una mejilla, entrega la otra" Y él no se defendió, cumpliéndose la expresión que dice "duele más el golpe a quien lo da, que al que lo recibe" y así fue.

Halcón se mantenía sereno sin inmutarse, con una paz, propia de un elegido de Dios, y resultó, que quien lo golpeó tuvo que ser asistido, pues en ese mismo instante, se le había roto la muñeca, y no podía sostener el brazo por el dolor, y apareció otro de los tatuados que lo acompañaban y le dijo a Halcón:

-----: Vete, vete.

Y Halcón se fue, y al pasar frente a un precinto policial, recordó la placa del vehículo del que lo atacó y le hizo un reporte, que luego usó como evidencia frente al juez, para justificar que secta oculta tenía una conspiración para hacerlo parecer como un villano, cuando en realidad, ellos eran la cueva de los Alí Babás y sus sequitos de perversos.

Hay sendero que el hombre ha pensado nunca caminarlo, y resultó que el joven que había golpeado a Halcón, había cogido liquido en el brazo que había usado para golpearlo, había visitado varios médicos, pero ninguno le encontraba sanación, habían pasados cinco meses después de aquel incidente, y aquel joven pandillero que golpeó a Halcón, cogió liquido en el brazo, experimentando una hinchazón sin solución. Una mañana al cruzar una calle, se topeteó con un profeta, que al mirarlo le habló:

---- Sé el origen de tus malestares; con ese brazo golpeaste al enviado de Dios, por lo que ahora el karma te ata a él, nadie que no sea él, podrá sanarte.

El pandillero que padecía los malestares del dolor que arrastraba su brazo, estaba sorprendido, aquel profeta le estaba hablando de algo que sólo sabían él, y dos de sus amigos.

----- Necesito ser perdonado, no sabía lo que hacía, y estaba cumpliendo órdenes de secta oculta. ¿Cómo puedo encontrar, a ese hombre? ---- Cuestionó, refiriéndose a Halcón.

----- Ves a la fundación salvación, allí te pondrán en contacto con él.---- Afirmó el profeta.

Cuando el pandillero llegó a la fundación, preguntando por Halcón, en seguida fue sometido a un interrogatorio por los guardianes, entonces aquellos le informaron de la presencia del pandillero, en seguida sintió Halcón el interés de recibirlo.

Desde que el pandillero vio a Halcón, avergonzado bajó la cabeza, y le dijo:

----- perdóneme señor, sé que merezco estar muerto, por atentar contra usted que es justo, pero si me devuelve la salud, hablaré de su Dios, a todo el que encuentre en mi camino.---- Dijo.

Y viendo Halcón, que aquel se expresaba con sinceridad, imponiendo su mano sobre él, respondió:

----- Mi señor te devuelve la salud, que tu promesa sea un hecho.

Y el brazo que estaba sostenido por un soporte que colgaba de su cuello, se desinfló. Más Halcón a él le advirtió:

----- Vete y no peques más, la gloria sea de mi Dios, padre bueno y justo es, si la gente te preguntas, diles que Dios te curó, y a su camino te arreó

El pandillero fue corriendo y decía:

-----Gloria a Dios que me curó, y una lección me enseñó, nunca se debe abusar, de los hijos que el ungió.

Desde ese momento, el pandillero se transformó, y predicador se volvió, e iba hablando de las buenas nuevas.

Los comisionados de secta oculta que hacían de comité de hostigamiento, volvieron a andar tras de Halcón, y lo seguían por donde quiera que aquel se movía, y se detuvieron saliéndose del carro en que andaban para verle la cara, porque alguno de los cinco que andaban en el carro no lo conocían, y se iban acercando, y avanzaban sobre él, y el poder de Dios que habitaba en Halcón, se asomó, y viendo los facinerosos el resplandor, se asustaron y huyeron despavoridos, y era tanta la prisa que llevaban, que por la velocidad, chocaban entre ellos, y abordando el carro, aceleraron como centellas.

Habían informados aquellos lo que vieron en Halcón, y secta oculta en su afán de desacreditarlo, difundía información errada sobre Halcón, y continuaban sobornando a todos los que ellos suponían, que habían estado en contacto con él, en cambio Halcón se mantenía sereno antes aquellas crónicas de eventos anunciados, donde todos sabían que Halcón se expandía, y secta oculta intentaba que él no pasara, pero como la tolerancia es un arte que se cultiva en el tiempo, Halcón continuaba estudiando cuales eran las intenciones.

Halcón sabía que era preferible el amor del pueblo, al soborno de los sádicos, porque mientras el soborno divide y destruye, el amor, unifica y edifica.

LA REDENCIÓN

Se ha perdido la razón, nadie lucha con pasión, ¿Dónde están los hombres nobles, que han de cambiar de esplendor, el mundo llora por dentro, quién lo puede remediar?

Los hombres de gran coraje, se pusieron a temblar.

Si no enfrentamos con fe, lo que de nosotros es, puede ser que lo lloremos, si vemos que lo perdemos.

Unámonos como un hombre, que quiere la libertad, y a los patriotas emulemos, con Dios patria y libertad.

De américa reflejemos, lo que Lincoln, reflejó, otorgar la libertad, a toda la humanidad.

Del caribe recordemos, los que la antorcha encendieron:

Duarte, Sánchez y Mella fueron, las velas de ese velero, que ahora camina sin rumbo, y pide que lo conduzca, un hombre que alce la espada, de la gloria libertaria, que a camaño y Luperón, represente con honor.

¡Dándole la libertad, a la nación del folklore!

---- Hola pastor!

---- Cómo sabe usted que soy pastor? ---- respondió Halcón.

----- Dios me lo reveló.---- Afirmó él.

---- Dios te vas a erigir presidente de la nación del folklore, tu has pasado mucho trabajo, porque eres muy envidiado, para llegar a donde está son muchas las batallas que ha tenido que librar, pero sólo tienes que esperar, Dios te vas a levantar.

Él era un profeta y como tal, lo bendijo, lo ungió y oró por él, luego se marchó.

Sin embargo, Halcón pensó en lo que él le informó.

La envidia y la maldad de secta oculta, era como una enfermedad que generaba el estrés del deseo de ser, como la persona que se desprecia, porque posee, lo que el envidioso anhela tener, porque el envidioso, es como un ladrón silencioso, que quiere para él, el glamor de su prójimo.

La verdad era que secta oculta era como un maleficio de los tiempos, porque además conspiraba para crear accidentes automovilísticos, y habían designados personas que se lanzaran sobre el vehículo de Halcón, con el propósito de hacer que le aumentara el seguro del automóvil a la altura que el alto costo generado por los tantos accidentes le impidieran seguir asegurando su vehículo para de esa forma sacarlo de las calles y llevarlo a aceptar la oferta de empleo que le hacían, no obstante, por encima de todas conspiraciones, nunca lograban salirse con la de ellos, Dios siempre aseguraba que a Halcón, nada le faltara, y la sorpresa de secta oculta, era cada vez mayor, sus intentos jamás eran tan poderosos como para atrapar o manipular a Halcón, de la forma que ellos deseaban.

Pues no bastaban sus malas intenciones, no estaba en manos de secta oculta, doblegar a Halcón, en verdad, carecían de poder sobre él, siempre ha sabido la naturaleza cobrar las maldades que en el libre albedrio ejerce el hombre en ignorancia.

No era bueno compararse con nadie, sobre todo cuando se sabe que cada quien es cada cual, y quien suele compararse, puede entender lo que es, o hasta podría llegar a saber, que en esta vida terrenal no es ni la sombra del espectro, pero los adeptos de secta oculta eran unas masas de auténticos abusivos, alguno de ellos creían que su opulencia material, le permitía exhibir el orgullo, llevándose a los de más por delante.

Y aquellos en su lucha por controlar a Halcón, hacían maleficios y enviaciones y sortilegios, pero nada lograban contra él.

Y veía Halcón en visión cómo aquellos le tiraban calavera, y cómo Halcón la iba destruyendo, ellos buscaban la forma de dañarlo y calumniarlo y acusarlo en corte de falsedades, recurriendo a testigos falsos, sin embargo, nunca podían salirse con la de ellos.

Entonces las manos de Dios le inyectaban el poder que equilibraba su salud y el triunfo sobre las maldades de sus enemigos.

No cesaban de atacarlo, y secta oculta difundía mentiras sobre él, y manipulaban, no obstante, todos sabían que Halcón se expandía, más el ignoraba de la absurda trama, y aquellos que lo fregaban, viendo que él no se defendía, lo creían buena gente y no se lo decían, y embadurnado de hipocresía, recurrían a trampearlo, haciendo motivo para derrotarlo,

Pero, Halcón era un campeón de esos del señor, y ningún intento golpeaba su honor.

Sabia Halcón, no obstante, que secta oculta era símbolo del trono de la Hipocresía.

Y la maldad y la oscuridad, la ofertaban como la verdad, y no era lo que parecía, su esencia creaba tormenta, su misión era encadenar.

No todo lo que brillaba era oro, ellos se vendían como buenos y eran malos, sobornaban a los conocidos de Halcón, para que aquellos lo provocaran, tratando de que aquel respondiera para crearle evidencias, que justificaran llevarlo a la cárcel, vendiéndolo como violento.

Secta oculta manipulaba la condición existencial, de cada cual eran una especie de mafia sardónica, que sin la sensibilidad de ponderar la misericordia, se escudaban en el santuario de la espiritualidad, para parecer bueno a los ojos de los que aun dormían, porque todo aquello que realizaban, giraba en torno a una segunda intención.

Porque aunque muchos de ellos solían escudarse detrás de las religiones, aquellas para ellos, no eran más que estados condicionantes del individuo, en el proceso evolutivo de la humanidad.

Y decía Halcón, para que Dios lo oyera:

-----: Esos robots, se están irritando, si salgo a comer, me están vigilando, que podemos hacer con nuestro honor, en cualquier esquina ahora hay un soplón, pero nadie dice la verdad, el mal ahora ataca a la sociedad, en cualquier esquina hay mala intención, que la radio anuncia como violación, estamos clamando por el señor, para que empodere al libertador. Y escuchando Dios aquella expresión, elevo su voz:

---- El libertador, fue concebido para libertar, aunque secta oculta pretenda absolverlo, él no es emisario de los religiosos, ni de aquellas sectas que obstruyen el gozo, porque sus acciones, rompen corazones.------ Dijo Dios.

Para esos tiempos el dinero, tornó a la amistad en traición, y a los amigos, los hizo traicioneros, y los que fueron llamados para ayudar, se tornaron usureros.

Halcón Emanuel, rompió las ataduras y aquel despertar, Dios lo coronó y el amanecer se volvió su voz, ese es el mandato, que hoy se está cumpliendo; aquellas maldades, nunca prosperaron, sus ejecutores sintieron temores y muchos temblaron frente a sus rencores.

y aunque los cobardes, se narcotizaron, aquellas maldades se hicieron violencia, ellos poseídos por la oscuridad, dispararon dardos, dardos demoniacos, sobre almas inocentes, nunca lo lograron, aunque la justicia, se hizo impenitente, jamás sus propósitos brillaron de frente, no fueron valientes, fueron imprudentes, y sus frustraciones golpearon su frente, y el suicidio en masas, fue su remanente, temían rendir cuenta, ante su conciencia!

----- No habrá fuerza que le impida al ser, mostrar su poder, llegará la paz y la felicidad, como remanente de la libertad.

Y la humanidad muestra el despertar, y al intercesor querían emular.----- Agregó Dios.

Los ángeles ya han bajado, y la novia se ha casado, y le abren paso a Jesús, que ahora viene sin la cruz, y le abren paso a Jesús, que ahora viene sin la cruz!

Entonces había notificado Dios a Halcón su regreso a la tierra, y los adeptos de la iglesia que habían estado esperando el regreso de Jesús, serian convocados por Halcón Emanuel, en las distintas naciones, y todos estaban como un ejército en una enorme explanada, se rendía honor a la gloria del señor, y los batallones fungían organizados y silencioso rindiendo honor al señor, Halcón que también vestía de blanco se aproximó con una ánfora en la mano, al lugar donde estaba el señor, más sin embargo no pudo verle el cuerpo, ni pudo ver su cara, pero la fuerza de su presencia invadía el corazón de todos.

Cuando se acercó Halcón a su presencia, le habló el señor:

---- Que alegre estoy Halcón, has hecho lo que te he pedido, y hoy te daré mi galardón, que es poder de tu señor:

y vio Halcón que levantó una cinta que parecía una banda presidencial de color vino con letras azul grisácea y decía: "Jehovah de los ejércitos", y las manos de Dios, condecoraban a Halcón, postrando sobre su cuello la cinta de la unción ---- Te delego el honor de mi unción, y te declaro libertador.

Entonces, un coro de unción expresó:

------ Todos huyen del libertador, el busca esclavos a quien libertar, suena la cadena de la esclavitud, y en ese sonido te registra tú, el pueblo clama por la luz, esta frente a él, y aunque le sonríe, no lo pueden reconocer. ¿Dónde está la espada de la paz? Aquel que llegó para libertar.

Lucha contra carne y potestad, está programado para libertar

Suelen perseguirlo, para confundir, pero secta oculta no lo hace sufrir, intentan difundir que él no es la paz, que él es violencia y es maldad, pero no lo logran, no tienen poder sobre la verdad.

El espíritu santo es redención, él no es confusión y hace honor, porque él es la paz, y es el amor,

Los malvados huyen con presión, sienten su presencia, aumentan su pavor.

Y les dijo Halcón: ------

Somos de naturaleza no violenta, una muestra de ello es que, el rabit que no era de aquí, recomendó ceder la otra mejilla, pero cuando el mismo individuo te golpea dos veces sin clemencia, es porque la tercera es la vencida, nunca se debe olvidar que Joshua ben Joseph, murió por todos!

No se olviden de secta oculta:

Ellos son magos de manipulación, provocando violencia sin ética ni honor, recurren a bajeza y desamor, ellos son sombras de traición,

Ellos ignoran cuál es su tesón, nadie puede vencer, al libertador, el porta la gracia que otorga el señor!

Entonces, la nación del folklore, que había sido invadida pacíficamente por los petates, que era un remanente histórico de la esclavitud que habían enarbolados los conquistadores llegados del viejo mundo y que los habían llevados desde los confines de la tierra hasta el nuevo mundo, y que habían sido usados para elaborar el trabajo pesado, y como provenían de áfrica y Europa, habían sido llamados "ladinos y Bozales, aquellos se habían rebelados a sus amos, y construyeron bateyes de atrincheramiento al este de la nación del folklore, y con la ayuda de la Francia de ese entonces, no solo se habían liberados de sus amos españoles, sino que aprovechando la cobertura, habían invadidos a la nación del folklore, declarándola una e indivisible, y la habían nombrado la república de los petates, sin embargo los folclóricos, desacostumbrados a la idiosincrasia de aquellos, se habían rebelados, y uno de sus oligarcas a quien llamaban " Pablo Duarte, el padre de la patria, invirtiendo el patrimonio familiar, había logrado desalojar de su territorio a los petates, a pesar de que los folclóricos eran xenofílicos, y algunos solían maltratar a sus propios conciudadanos, a fin de complacer al extranjero.

En el siglo XX, había aparecido uno que amaba mucho el poder, le llamaban "Trujillo" por lo que se hizo dictador, y declarándose nacionalista, vio que los petates durante su período de gobierno, habían querido ocupar nuevamente el territorio, y aquel en aras del nacionalismo, lavó las aguas del rio "masacre" con la sangre de aquellos, aunque después de las presiones internacionales, tuvo que pagar a centavo, cada petate caído.

A pesar de aquellos epítetos históricos, del siglo XVI, cuando la nación del folklore aún seguía siendo una colonia española, en el siglo XXI, los petates habían encontrado el apoyo internacional de grandes naciones contextuales, y aunque en el siglo XVI, ellos habían invadidos a la colonia española, durante el siglo XXI, con la tolerancia de Dany Bebezote, gobernante de ese entonces, volvieron a invadir pacíficamente, bajo el alegato de hacer una sola nación, y decían:

---- Y como dijera Francois Dominique, alias, toussaint louverture, el líder de la insurrección en la colonia española, que había vivido en el siglo XVI, entre 1743 y 1803:--- " la isla es una e indivisible."

En cambio, los petates fueron enarbolando la hechicería, el vudú, y toda la bajeza de la oscuridad, con la anuencia de secta oculta, y el gobierno de la bestia.

Los petates mostraban su crueldad e irrespeto a través de las redes sociales, y quemaban la bandera de la nación del folklore, y la mayoría de los folklóricos, parecían hipnotizados y sometidos.

Pues como ya sabemos, cuando los petates invadieron a la nación del folklore, encabezaba el gobierno como presidente de la nación, Dany Bebezote, un hombre tranquilo y militante, un hombre de Dios, con un defecto injuzgable:

Cuando saqueaban al erario público, se mantenía callado ante todo lo que acontecía, cogía su tajada y guardaba silencio, se aseguraba de que no quedaran evidencias que lo involucraran.

Sobre todo, tenía la paciencia de un muerto en vida, cuando los ciudadanos lo insultaban, sin que esto lo inmutara.

Resultaba que los ciudadanos de la nación del folklore, por su condición de mandadero de tercero, habían perdido la esperanza del valor, y por dos o tres pesos solían venderse al mejor postor, y aquella mala costumbre, se deslizaba desde el más alto mandatario a la mayoría de los funcionarios, salpicando radicalmente a la mayoría de las organizaciones sociales, y a la mayoría de los electores, que para ese entonces, vendían el voto por chilatas;

Por eso los petates invadieron la nación sin que se disparara un tiro que no fuera cohetes de fuego artificiales celebrando el derrocamiento de Dany Bebezote, quien había entregado el gobierno por orden de Francia, la nación de la causa, y lo sacaron con todo y familia, para el exilio en España, la nación del taconeo, sin que las fuerzas armadas movieran un dedo, ya que los jefes tenían deudas de corrupción que les serian exoneradas, a cambio de tal acción.

No obstante Dany Bebezote creyó que más que un desatinado sacrificio, aquella acción vendría a ser una especie de acto heroico, porque para conformar al pueblo, la deuda impagable que por concepto de corrupción y saqueo al erario público, había contraído la nación del folklore, también había sido exonerada, así el pueblo estaría contento y sin coraje, con menos enojo al no tener que pagar una deuda que se había acumulado por los saqueos de los políticos al erario público, sin que el pueblo pudiera disfrutar tan siquiera ni del beneficio de un mabí con yaniqueque.

Él había visto este acto como una alternativa de ganar algo y no perderlo todo, ya que los folklóricos, seguirían habitando aquel suelo, aunque fuera embadurnado de caca y creole.

Además, para no darle tiempo a pensar en la condición de sus hermanos del este, que aunque no le hablarían le harían señas.

También le vendieron una esperanza alternativa que suavizaba a los que estaban hartos de la dinastía morada, de un candidato que arrastraba el prestigio de ser nieto de un dictador nacionalista que apodaban el chivo, y aunque muchos lo rechazaban, otros tantos lo apoyaban.

Así fue como a tal pupilo empezaron a apodarlo, Rafito el chivo, todo por ser nieto de su abuelo, a quien alguna vez, apodaron "el chivo" y era que los ciudadanos de la nación del folklore le gustaba el relajo, y se habían vuelto refranero.

Lo que más impresionó del candidato Rafito, a ese pueblo que había "nacido sin cabeza," fue la propuesta de un muro entre la frontera de la nación del folklore, y la nación del vudú, en plena acción de imitación al presidente Donatello Thomson, que también proponía lo mismo entre la nación del águila, y la tierra de los toltecas.

El caso fue que Rafito cada día ganaba fuerza, presentó al pueblo una propuesta extranjera, y a los ciudadanos de la nación del folklore le encantaba todo lo que era fuereño, no olviden su xenofilia.

La nación del vudú, no tenía ejército, pero lo fue ensamblando en una provincia fronteriza llamada Ji maní, por lo que fue fácil hacer una transición de gobierno de mano de Dany Bebezote, a mano de Oguin Valenchú.

Desde que los petates, tomaron posesión empezaron a cortar cabeza, a violar y asesinar niños y mujeres.

Los ciudadanos de la nación del folklore que residían en la nación del Águila, estaban furiosos, y de rodillas oraban a Dios para que los ayudara a rescatar su tierra, entonces llegado el momento le habló Dios a Halcón y le reveló el origen de sus hazañas, y la razón por la cual, "él nunca había sido animal" por lo que él se había preservado en el grupo de los voltron, él era un defensor del universo, y se había mantenido viajando de un planeta a otro, con misiones asignadas, o escogidas, según fuera el caso.

Entonces le mostró tres formas de distinto momento evolutivo, dentro de la creación, donde sus aspectos lucían parecidos, pero en condiciones diferentes.

Halcón Emanuel que seguía sin entender, había cuestionado tres veces al Dios de su ser, acerca de lo que se le estaba informando, y su padre le mostró una secuencia fotográfica como estampa evolutiva, para que él entendiera el motivo de su misión, y le agregó:

----- Halcón, te empoderaré de la nación del Folklore, como de esa tierra, emanó la evangelización y civilización de lo que en ese entonces fue como un nuevo mundo, te posesionaré en la nación del folklore, para que la resguarde, y como habrá juicio en el mundo, tu presencia en ese lugar, lo preservará, así verán que los que proceden de la nación del folklore, son herederos de Dios, le devolveré su nación, así que prepárate, que pondré en tus manos, al usurpador, y después quebrantaré a su pueblo, y erradicaré a su descendencia .---- Afirmó Dios,

y como lo dijo lo hizo.

Y sintiese Halcón tan contento que fortalecido en su camino, radiante de esperanzas, tarareó :

¡Que tierno y refrescante resultó la mañana, me inspiró tanto amor, que yo quise abrazarla.

Buscando su morada, para tocar su cuerpo, transité tras la brisa de su naturaleza, y en cada beso tierno, su gloria me embelesa!

¡Que gloriosa y graciosa es la naturaleza, que alumbró la mañana como su niña tierna!

Y transcurriendo el tiempo, diez años después, cuando todos creían que jamás se escucharía de nuevo el nombre nación del folklore, apareció Halcón, con varios escuadrones de los guardianes de la fundación salvación, los mismos niños que 21 **años** antes, habían sido recibido, por la fundación, y educados por extraterrestres que habitaban en las profundidades del rio Hudson, elevaban plegaria, un mantra poderoso, de manera que al pronunciarlos tres veces, el ejército de la nación del vudú se iba derrumbando y muriendo en el mismo instante.

De forma tal que aquel estilo definía una marcada diferencia entre aquellos, y la forma en que entraron los petates, aquel fúnebre día en que la nación del folklore había sido invadida, y para ese tiempo, ya habían pasados diez años: esclavizados justo cuando Halcón, buscaba recuperarla y liberarla!

Los petates habían entrado violentamente, asesinando y destruyendo, en cambio ahora, los paladines de la libertad, se adentraban sin lanzar un solo tiro ni derramar una gota de sangre, y este acto de cordura, había sembrado la semilla del miedo en el corazón de Oguín valenchú, viéndose forzado por el espíritu a devolver la nación y a retirar la bandera, y en esa ocasión la isla que se llamaba "Isla federación Vudú" volvió a llamarse nación del folklore.

Halcón de una forma prodigiosa, los había hecho volverse a la parte este, la que nunca había llegado a ser totalmente abandonada por los petates.

Halcón había recibido una nación arrabalizada, ensuciada en todo lo sentido, porque se dieron a la práctica de hechicería sardónica, y expandieron el arcajé, según las lenguas populares, la fuerza de su hechicería los facultaba a convertir a los humanos en zombi, y en animales a quienes esclavizaban suplantándole el pensamiento y lo llamaban vacá, sin embargo, con la llegada de Halcón, todo se regeneró, y su gobierno deslumbró de belleza y pulcritud a aquel lucero de la naturaleza, incrustado en el mismo sendero del mar, e hizo florecer la economía, la educación, el medio ambiente, la salubridad, había suprimido todo tipo de negocio ilegal en la frontera y levantó una valla de rejilla donde los que desearan mirar de un lado para el otro lo hicieran, hasta que llegó el tiempo en que la nación del vudú, pagara el Karma de su pueblo.

El resto? Para que abundar si ustedes lo saben, pero para esclarecerlo, todo lo demás el juicio a las naciones se había iniciado con la nación del vudú, sucedido diez años después del gobierno de Halcón Emanuel:

El terremoto y el sunami como coloquiando entre ellos, se habían encargado de enjuiciar a la nación del vudú y el señor que vio como cambiaba la faz de su pueblo, empoderó a Halcón para la liberación, y llegó aquel con Brillit, en la fragata tecnológica en compañía de los guardianes de la fundación, y se enfocó en la lucha, sin ceder, persuadiendo a los militares, que habían sido sometidos con la invasión, de los petates, a que se sumaran ahora, a las acciones de Halcón, que se movía bajo la dirección de Dios, levantó la bandera tricolor que mostraba la expresión " Dios patria y libertad" y fue cantando el himno nacional, con un alto parlante en un vehículo que se movía, desfilando por varias calles principales de la capital de la nación, y el pueblo salía de las casas, y se sumaba al recorrido, los guardianes de la fundación salvación, vestían uniformes de artes marciales de color blanco, parecían escuadrones de la marina de guerra de la nación, y la gente seguía sumándose, y unos fueron corriendo la voz:

_____ Ya llegó el libertador, el enviado del señor, nos entregará la nación, algo raro está pasando, un misterio está llegando, el espíritu me inmola, y el renacer me enarbola, lo viejo ya está pasando, y lo nuevo esta llegando!

Y cuando los soldados petates, quisieron hacerle frente, los guardianes de la fundación oraron, respiraron honda y profundamente, y entonaron un mantra que decía:

----- Dame virtud, dame salud, mi padre eterno, mi redentor, en los cielos y en la tierra, tú eres mi honor, mi Dios divino, fuente de luz, dame estrategia, ven guíame tú!

Dios nos fortalece, ha, Dios nos fortalece, ha, Dios nos fortalece, ha.

Y cada tres veces que pronunciaban el mantra, los soldados petates caían de espaldas e iban muriendo.

La verdad, era que los petates eran un pueblo idólatra, y el pueblo de Dios en manos de ellos se estancó, los petates clamaban a ídolos que ni se movían ni comían, aquellos que debían ser movido porque no tenían la fuerza para cargar a nadie, por lo que con aquellos ídolos, sólo atraían miserias, y una ola de hechiceros se escindió, y la hechicería era la melodía de cada día, y secta oculta se imponía!

Y viendo Dios, que aquello no era bueno, dijo:

----- Nación del folklore, te sacaré de mano del usurpador, y mandaré un libertador, y después destruiré a tu opresor.----- Afirmó el señor.

Cuando Halcón, llegó a la casa de gobierno, ya todo el pueblo estaba en las calles, la guardia presidencial se rindió abandonando al presidente, Ogui, lo apresaron, y de ahí en adelante, Halcón, tomó la casa de gobierno, e informó a la nación sobre lo acontecido y dijo una frase del patricio Pablo duarte:

----- Bien, correligionarios, como lo dijera el padre de esta patria mancillada pero rescatada," nuestra patria ha de ser libre, de toda potencia extranjera, o se hunde la Isla" e inmediatamente Halcón declaró un toque de queda, y pidió a los folklóricos que durante la noche no anduvieran en las calles por su seguridad, y los petates que fueron capturados fueron retenidos, y a los cinco días fueron entrado en la fragata tecnológica y puesto en la parte este, Ogui se exilió en Francia, y Halcón Emanuel, recuperó la nación del folklore con plena participación de la población, se declaró comandante en jefe de las fuerzas Armadas, haciéndose cargo del gobierno, como se lo había prometido Dios,

Ese día quedó registrado en la historia de la isla, como "la guerra del espíritu"

Los folklóricos, volvieron a ser felices, durante el tiempo establecido.

Había dejado el señor a la nación en mano de su libertador, y gobernó Halcón, por diez años, y la nación fue próspera, durante ese tiempo, vistió un uniforme blanco de mayor general de las fuerzas navales, y comandante en jefe del ministerio de defensa.

Se habían descubiertos, varios yacimientos de oro y petróleo, : la nación se enriqueció. La inmigración se corrigió porque sus ciudadanos ya no tuvieron que salir de su país, en busca de una vida mejor, debido a la ética de su nuevo gobernante, aparecieron riquezas ignoradas, era tanta la abundancia que muchos de los que permanecían en el extranjero se regresaron.

Sin embargo los petates cada día se enfurecían, y odiaban a los folklóricos, y continuaban en prácticas de sacrificios paganos, y hacían el negocio de trata de blanca, y así apoyados por secta oculta no cesaban de hacer culto a la ignorancia, adoraban ídolos que ni comían, ni se movían ni hablaban, y habían estado realizando práctica de magia negra, donde sacrificaban animales, y entregaban a personas influyentes de los folklóricos, los vendían y los convertían en animales y en zombis, y lo hacían vivir esclavizados, bajo esa condición.

y sucedió que, Halcón se transformó y llegaron los poderes naturales de su esencia de tal manera que todo el que se le oponía sucumbía, pero el día en que fue reafirmado en el señor, la tierra se armonizó, y el señor se glorificó.

Pero el enemigo se enfureció, y se manifestó a través de una nación de oriente de carácter belicosa, que había tirado por el suelo un acuerdo de paz, generando un conflicto bélico al lanzar un proyectil de largo alcance contra la nación del águila, pero los iluminados que habían llegados con cuerpos de animales en una plataforma gigante, lo desintegraron en el aire fuera de la galaxia, y la tierra no se percató, y Dios que vio lo acontecido, se manifestó a través de la naturaleza.

Sobrepasaba el año 2030, cuando Dios habló a Halcón, que se presentarían unas series de eventos que transformarían a la humanidad, y entre el paquete de las promesas dijo Dios que se afirmarían las libertades del libre albedrio, para ver, cuál sería el camino que escogerían los hombres.

Brillit y yo seguíamos de cerca sus palabras, y el comité de hostigamiento, sin entender lo que ocurría, agudizaba la persecución, y mandaba su manada de ignorantes a intimidar sembrando amenaza de violencia, y secta oculta buscando incrementar la ventas de las armas de fuego en todo el mundo, generando con la instauración del anticristo, una especie de tercera guerra mundial donde el soberano buscaba reafirmarse, y el hombre estaba como sin cordura y andaban en un caos como sin conciencia de lo que hacían, y los adeptos de sexta oculta cada día sembraban el terror, y los de oriente medio, avanzaban hacia el occidente por el territorio de Israel, y ese conflicto que llamaban la tercera guerra mundial iba destruyendo a la humanidad, y todos los que habían recibido el microchip, eran localizados en masas, y lo volvían prisioneros, a pesar de que los hombres grises le hicieron creer al mundo de que todos serian salvos, todo fue una gran mentira, y los hombres le creyeron porque el anticristo distribuía dinero entre las multitudes, y las naciones que eran deudoras cuyas economías dependían de las potencias de sus alrededores, fueron esclavizadas y convertidas en provincias del séptimo imperio, y aumentaba el sufrimiento de los habitantes de la tierra, Halcón clamó a Dios, y él lo oyó.

Descendió en un carro de fuego, y los iluminados que habían llegado en su plataforma gigante, se noticiaron de tal presencia, y Halcón convocó al pueblo de Dios, y fueron y se reunieron y estaban vestidos de blanco en una enorme explanada, y todos en espera de Dios, estaban como batallones, y Halcón, con una ánfora en la mano, listo para quemar incienso, se encaminó a donde estaba la entidad, pero cuando se acercó, no le vio el cuerpo ni el rostro.

Notó que alzó los brazos y las manos, y vio que la entidad, ponía sobre su cuello una cinta que decía el nombre de Dios, todos quedaron maravillados y alabaron.

Y Jehová definió los poderes de Halcón, y le encomendó accionar en función del propósito.

Al ser Halcón empoderado, empezó a acontecer que él iba por algún lugar, y la gente que lo veía, lo seguía y le pedía que él lo sanara, y mirando hacia arriba decía:

----- :! Espíritu divino, cárgame con tu poder, lléname con tu saber! ---- Afirmaba. Y en un instante se estremecía, e iba tocando a los enfermos que solían hacer ronda a su derredor, e inmediatamente éstos eran tocados, alcanzaban la sanación, lo que le fue aumentando la fama, que antes los ojos de secta oculta, era como una pesadilla, porque, ellos querían que Halcón trabajara para ellos, porque lo percibían como prospecto de un gran negocio.

Y no cesaban de perseguirlo, y en una ocasión, trataron de acercársele en grupo, buscando hacerle violencia, y Halcón que se percató de lo que intentaban, abrió sus manos frente a ellos, y aquellos se fueron de espaldas!

Quisieron llevarlo a corte, pero no pudieron, como Halcón no había tocado a ninguno, no tenían evidencias.

Luego, uno que otros sectores, intentaron calumniarlo, alegando que él era brujo, y se formó una discusión entre ellos, porque Halcón, nunca atacaba, él se defendía, por lo que tampoco pudieron acusarlo de violento, y cuando Halcón habló de tal manera se expresó : Por la causa del señor, se glorifica, la acción, Dios siempre es el vencedor!—Afirmó.

Y alejándose de aquel lugar, siguió sanando enfermos, a través de la gracia, y la autoridad de Dios.

-----: La gracia del creador, hoy busca un mundo mejor, y trae a todos terrenos, la libertad de su amor; que viva el padre de honor, que nos dio al libertador, que viva Dios y viva Halcón, el que viene del señor : Libertad, libertad, libertad.

Los políticos, la policía y los delincuentes, empezaron a respetarlo, y no faltaron quienes buscaran su consejería en aquellos acontecimientos difíciles, y Halcón le respondía:---

Mis brazos, están alargados, listos para dar abrazos, a quienes por el amor, manifiesten su intención, de seguir por el camino, de pulcra definición.

Entonces aparecieron platillos voladores que surgían desde abajo, y desde arriba, y el mundo había entrado en una conmoción, cuando las efervescentes luces maravillaron a los contemplantés!

Las calles estaban holladas, y la esperanza se volvía como una pista sin asfalto, y la brisa, con el frescor que genera la partida del sol, soplaba como acariciando moviendo la morada en el corazón, y en cada envestida, su sonido me hablaba de amor.

Sin embargo los pobres, aquellos que habían sido marcado por la miseria, se limitaban a elucubrar en aquello que su estrecha condición mental, le permitía asimilar respecto a la economía que debía rodearlo, muchos, seguían tras de mí, y yo lo toleraba, por eso de que es preferible el amor del pueblo, al soborno de los sádicos, porque viéndolo desde correcto perfil, el soborno divide y destruye, mientras el amor, unifica y edifica, pero secta oculta tal vez ignoraba que no era lo mismo sabiduría que malicia, porque de hecho, los juegos infunden habilidades, pero la lectura, además de dar cultura, desarrolla las glándulas pineales, el cerebro, y las pituitaria, y como Halcón había superado el camino, podía enterarse fácilmente, de las intenciones de los hombres.

LA RENOVACIÓN

Unos años después, en el 2099, un terremoto generado en la falla de san Andrés, que había estado ensamblada al cinturón de fuego del pacifico, y de la cual se temía por haber sido una zona elevada de actividad sísmica, considerada una de la fractura de la corteza terrestre de mayor envergadura, por lo que se había generado una sorprendente acción sísmica que sobrepasando la expansión de 2000 kilómetros la intensidad de su fuerza, unificó la nación del águila con las naciones del norte.

Y aquella acción sísmica, comunicó con la fosa Milwaukee, que siendo el punto más profundo del océano Atlántico, con una profundidad aproximada de 8,605 metros con apenas 8 kilómetros de longitud, zigzagueando en el trayecto, cortó de raíz la franja fronteriza que unía a la nación del folklore, con la nación del Vudú, separándola bruscamente, y acercándola a la nación del coquí, y diez días después, un sunami que llevaba el mismo trayecto, la hundió en las turbulentas aguas del océano atlántico, misteriosamente la nación del Vudú, había desaparecido dejando solitaria como monumento decorante de las aguas, a la nación del coquí, y a la nación del folklore, que tras una milagrosa preservación, habían sobrevivido al juicio de la naturaleza, que azotó sin piedad afectando gravemente parte de la costa del folklore, del coquí, y de otras poblaciones aledañas.

No obstante, aquel acontecimiento, no sólo había afectado a los petates y su nación del vudú, sino que además, la activación de la falla de san Andrés, había generado una transformación continental, al hundirse gran parte de los territorios de la nación del águila, y sus vecinos del norte, Europa, Asia, y Oceanía.

El terrible terremoto precedido del horripilante sunami, removieron y sepultaron gran parte del planeta.

El terremoto de alta intensidad 15,0 grados en la escala de Richter, longitud 1692 km, limite transformante, había dejado rota la superficie de la tierra, pues las capas tectónicas se habían salido de sus cauces, y aquel terremoto en una trayectoria zigzagueante había recorrido el mundo en condiciones suniticas, y aquel sunami, había dividido el planeta, y sepultando franjas y propiedades, la nación del folklore había sido separada para siempre de los petates, ya que la parte este de la isla había sido cortada por la mitad y empujada a diez y ocho kilómetros, en las cercanías de la nación del coquí y diez días después, fue sepultada bajo las aguas del océano atlántico, se había hundido la nación del vudú, con sus habitantes, sus templos de hechicerías llamado arcajé; se habían perdidos con sus manías, con sus llantos cuando le nacía un niño, y su alegría cuando se despedía, en un juicio de destrucción, sin embargo aunque la nación del folklore había sufrido grandes inundaciones, había logrado preservar su territorio, divisándose en el esplendoroso horizonte, como un fardo solitario, en el "mismo trayecto del sol" ; no había sido movida, la isla seguía allí, más reducida, pero ella misma, en aquella tierra de fertilidad y bondad.

Allí había nacido Halcón Emanuel, "el intercesor" aquel, que en los tiempos de esclavitud, siguiendo las directrices del señor, había logrado arrebatar su nación de manos de los petates, dándole liberación, y el mismo que tras clamar al señor con fuertes oraciones, doblando rodillas, había logrado alejar la furia de la naturaleza, del interior de aquella tierra prometida, y otorgada por Dios! Aunque el territorio se cortó, y la nación del vudú, desapareció, la nación del folklore, se preservó, y allí estaba, como un faro del tiempo, flotaba en su sendero.

Ninguno de los que Dios amparó, pereció, pero el mundo se aterrorizó y lo poco que quedó se volvió a Dios!

¡--- que tierno y bueno fue Dios!.---- Se oyó clamar una voz.

El mundo lucia desolado, el planeta se había dividido, todo se había transformado, más de la mitad de la humanidad había perecido y las aguas se habían hecho cementerios, y fosas comunes.

Lo que estaba ubicado en el norte, fue a parar al sur, y lo del sur al este, nadie sabía dónde estaba nada, el planeta se había dividido en una extensión de Islas e islotes.

La fragata tecnológica, surcaba las aguas, y avanzaba por los mares del mundo, distribuyendo almas inscritas en el libro de la vida, para el gran retorno.

El anticristo que era como un barón sardónico, que inhalaba la sangre de la humanidad, había pactado con los rectilíneo, a fin de que le extendieran una fuente de aire, que le permitiera sobrevivir con sus sequitos sobre el subsuelo, en un bunker bajo el agua, que era como un submarino fijo e inmóvil, no obstante había sido golpeado, por la estridencia subterránea del sismo y fue vomitado hacia la superficie, y el espíritu santo, que lo vio surgir desde el abismo, lo envolvió entre lenguas de fuego y aun en medio de aquella condición, queriendo huir, pretendió elevarse por los aires, pero el intento le falló, e ipso facto se cristalizó, al tiempo que se deterioraba, para que se cumpliera la afirmación de "que polvo era, y en polvo se convertiría "

La milicia soberana, por su condición de robots cibernéticos había quedado desactivada, al haber sido afectada, la computadora central.

Los templos de secta oculta, y sus ritos vampíricos, quedaron mutilados, y ahogados por las aguas.

Multitudes de hombres desolados, sepultados, veianse flotar en el hambriento mar.

Bestias, serpientes, asesinos, violadores, e inclementes, se veían consumidos por llamaradas y lenguas de fuego que los volcanes vomitaban como indigestados.

Algunos cuerpos retorcianse en carne viva, gritando de dolor, hasta que eran consumidos en su carne y al llegar al esqueleto se pulverizaban aceleradamente.

Otros buscaban huir, sin encontrar refugio, entonces las naves de los iluminados, rociaban desde arriba un aromatizante natural, que curaba el medio ambiente.

Millones de billetes de diferentes nominaciones, flotaban sobre las aguas, bloqueando la curvilínea trayectoria de la fragata tecnológica, al tiempo que las corrientes de los ríos conducían el dinero sobre enfangados pantanos, en un perecedero naufragio!

El dinero indujo a muchos a matar y a asesinar, sin embargo, nadie lo habría de conservar.

Las contaminaciones pululaban en los aires.

Pero Dios, estaba en control.

CAPÍTULO

EL RAPTO

---- Halcón, lleva a mi pueblo, al monte santo, de donde lo levantaré---
Ordenó Dios.

Y en total obediencia, Halcón informó a Vepusiano, sobre lo que Dios había dispuesto, y todos los feligreses se habían enterado, que había llegado el tiempo del tan esperado rapto. Fueron concentrados los feligreses en distintos sectores, las naciones ya habian perdido su geografía, la tierra tendría un nuevo pensamiento, la generación de la fundación hablaba por telepatía, introduciendo la palabra, en la mente de su interlocutor.

Halcón no tenía oposición, y viajaba de región en región; los pocos gobernantes, que poblaban el mundo estaban al tanto de sus movimientos, Halcón, Brillit, y un remanente de la fundación salvación, se desplazaban por el mundo, en la fragata tecnológica, sembrando el mensaje de la anunciación, él era el encargado de información e iba de región en región, mostrando la necesidad del saber, porque el conocimiento sería una pauta de la liberación.

Los fabricantes del viejo mundo que habían donado la fragata, lo habían hecho pensando que la experiencia de Halcón, sería una base publicitaria para sus productos y como lo habían perdido todo, se adhirieron como voluntarios al programa de asistencia, optaron por ser levantados juntos a la feligresía.

Ellos habían apoyados las acciones de Halcón, cuando el mundo andaba sin rumbo, y Halcón usaba la fragata, para el transporte de ayuda humanitaria alrededor del mundo a donde se generara un fenómeno natural, que dejara damnificado a algún renglón de la humanidad; pero en esa ocasión Halcón cumplía el mandato de Dios, y distribuía a la feligresía de las iglesias que esperaban ser raptados por lo que la llevaba en masas a donde Dios le indicó, pues así, la fragata tecnológica, navegaba tras una esperanza, se había llegado el tiempo de abandonar el plano de la ilusión, sin embargo, la vida continuaba.

Una brigada espacial, de los iluminados, adecuaba la atmosfera, los cielos se habían poblados de luces, y el resplandor de naves que llegaban desde arriba, y otras que salían desde abajo se veían en el firmamento; el remanente que había quedado de la humanidad, estaba boquiabierto!

Otra generación ya estaba en camino, la infraestructura terrena estaba, sin embargo, empezarían de cero.

¿Resurgiría la inteligencia del ser?

La fragata, mostraba su lumínico esplendor, andando en la soledad del mundo, buscando un sendero donde anclar.

Iba guiada por Dios, quien la salvaba de los escollos a lo largo del camino.

Cuando llegaron a su destino, apareció una nave nodriza, que parqueándose en el aire a una considerable distancia sobre la cabeza de las multitudes, que al mirar hacia arriba, solo podían percibir la brillantez de un rayo que cubría todo el paisaje en la noche y en el día, mientras que los grupos una vez ubicados bajo el rayo, eran absorbidos para ser llevados de regreso a casa.

Aquellas multitudes, habían sido depositadas en el plano astral, en otro cuerpo, pero sin que perdieran los deseos y aspiraciones que tuvieron en la tierra; por lo que ignoraban aún, que habían perdido el cuerpo humano.

Allí esperarían un cierto periodo prudente en el ropaje del peri-espíritu, hasta que abandonaran las cargas del plano terreno, para luego desde el plano astral, ascender al plano sublime.

Habitarían los viajeros del tiempo la mansión del regreso, y después, según la condición correspondiente, irían a un área geográfica en el plano, a donde esperarían una nueva selección, o asignación, después de revisar su trayectoria misionera en la tierra.

En el plano sublime, experimentarían las esencias de sus conciencias, desde el momento en que habían sido creados.

Al ser arrebatados los adeptos de las iglesias, con su partida se apagaban las luces que ellos representaban, porque a sabiendas de que las religiones fueron estados condicionantes del individuo, en el proceso evolutivo de la humanidad, se había llegado el momento de ofertar, una solución existencial.

La tierra había agudizado el proceso de transformación, pues así, de lo que traía el corazón hablaba la boca, para que no juzgareis, quien no queréis ser juzgado.

Y Para que el intercesor, nunca olvidara quien era, había sido programado para que cada cierto tiempo, elevara sus brazos al cielo y bendijera al padre, para que mientras habitara en la tierra, no olvidara su origen divino, aunque no pudiera recordar que él era uno de los Dioses que integraban la gran hermandad blanca.

No obstante su poder crecía de forma natural, al grado de impactar como líder a muchas y diferentes congregaciones, él había sido llamado a libertar, por eso recobró a la nación del folklore de mano de los petates, y con la esencia de su gracia, la cubrió de los embates de la naturaleza, ganando el favor de Dios, para la preservación, y la separación permanente de la nación del vudú, la cual no sólo se vio forzada a desocupar la nación del folklore, sino que además, había perecido bajo las aguas del atlántico, por no encontrar respuestas, de los ídolos a quienes le rendía pleitesía, aquellas sombras de ultratumbas, que habían optados por sepultarse, junto a su nación del vudú.

Cuando Dios empoderó a Halcón, aquel había convocado a su linaje, delegando en ellos todo lo encomendado; Y fue ahí donde apareció una gran entidad; todos sintieron miedo de aquella presencia, pero el intercesor se mantuvo sereno.

Los demás se inclinaron adorándolo, esta acción natural, había cambiado el nivel de conciencia del plano, en lo adelante, nadie predicaría, la comprensión de la adoración y la oración, se había grabado en el alma de cada ser.

La enorme entidad había asumido la forma de León con dos gigantescas alas de águila.

Para mayor sorpresa el recién aparecido se dirigió al intercesor en su lengua nativa con una claridad y una misericordia que imbuía a la obediencia.

---- Mis hijos, que grato es entender que siempre valdrá la pena el sacrificio….Ahora le toca a ustedes, enseñar a la nueva generación el inicio, de la causa, en lo adelante todos sabrán lo que sea necesario saber para los nuevos propósitos del planeta; Halcón, se regresa conmigo a donde corresponde, y este nuevo plano, es la tierra que Moisés jamás vio; en cambio, al despertar, ustedes creerán que todo lo que han visto es tan solo sueño, más no dudarán porque todo estará frente a sus ojos.

El intercesor se despidió de su linaje, y al concluir un rayo de luz, lo abrazo a él, a brillit y a la entidad, elevándose ante los ojos de todos, un instante después ambos desaparecieron en el espacio sideral, en un carruaje de fuego; los cielos se poblaron de nubes grises precedidas de una fabulosa luz anaranjada que lentamente fue asumiendo tonos azulados.

Reina, la gloriosa hija del intercesor, había quedado frente a su legado, Dios la había empoderado con poderes especiales.

Un nuevo plano despuntaba en el planeta; para ese entonces se habían cumplido los 150 años del intercesor en la tierra, sin que hubiera ni en su cuerpo ni en su rostro, ninguna señal de vejez.

Su linaje había sido desplegado por todo el planeta, en las distintas puertas del nuevo plano.

De pronto Reina rodeada de un ejército que era el remanente que había sobrevivido del plano anterior, se encontraban en un nuevo mundo integrado de un florecido vergel, en grandes extensiones de tierra se alcanzaban a ver diversos árboles frutales irrigados por riachuelos cristalinos; había música en la atmosfera, y una gran cosecha de leche y miel, de manera que daba la clara impresión de que la tierra se había convertido en un enorme parque de floreta divina.

El mundo se había reconstruido, estaba impregnado de una tierna ambientación, una nueva comprensión, y un nuevo sol, cuya transformación lo había tornado de día: anaranjado, y de noche, azulado; un plano nuevo se generó y otra generación empezó.

Yo vi peregrinar al sol en cada amanecer, y vi deambular tu pasión persiguiendo mi amor, y en cada acción estuvo mi señor, y como intercesor, se abrió la antorcha de la redención!

Y secta oculta ya no supo más que hacer, porque la era de la maldad, había quedado sepultada.

Fue así como el intercesor sembró la semilla de la esperanza, un nuevo plano se abría, una nueva generación se expandía, y el esplendor renacía, todo lo dicho y hecho fue la recreación existencial.

Firmo y doy fe, de todo lo afirmado, con la tinta indeleble del espíritu, en la esencia de la verdad.

De ustedes :

EL ILUMINADO.